Denis Durbise est né à Paris en 1951. Instituteur, il a enseigné dans le sud-est de la France, au Maroc et en Tunisie. Il a terminé sa carrière comme directeur d'école à Saint-Cézaire dans les Alpes maritimes. Aujourd'hui à la retraite, il y réside toujours et partage son temps entre bénévolat, activités sportives et écriture.

DU MÊME AUTEUR

Rocca Sparviera ou la malédiction d'en haut (2018)

Le Trésor Ouzbèke (2019)

H.O.R.U.S (2019)

La Traque (2020)

Denis Durbise

OSMOS

La fracture du temps

Roman

TEXTE INTEGRAL

ISBN 9798628816776

A Maëlys
Pour se méfier des portes
Que personne ne voit … sauf elle.

Préambule

Basse vallée de la Siagne – septembre 1523

Les marais alentour empestent. De vagues luminescences flottent au ras des eaux traînant dans leurs volutes des relents de pourriture agressant les narines. Mais tous sont venus. Le bûcher a été dressé sur le lieu même des supposées pratiques infernales. Ainsi en a décidé le Grand Inquisiteur. Le vieux dominicain, entouré de ses gardes, se tient au premier rang. Il sait l'hostilité de la foule présente. Chacun a peur qu'il montre du doigt l'un de ses proches en qui Rome reconnaîtrait un possédé. La honte, le déshonneur et la mise à l'écart seraient alors terribles. Mais le Malin doit être combattu partout et celui qui pactise avec lui renvoyé dans les flammes de l'enfer.

Il redresse sa haute taille drapée dans une étoffe noire serrée par une grosse cordelière, le haut du corps dissimulé au fond d'une capuche à larges bords. Il a fait son devoir.

Il fait nuit depuis longtemps. Une nuit noire, froide et fangeuse perçant les os de ceux venus assister à l'exécution de la sentence. Personne ne dit mot. Aucun souffle ne va. La nature immobile retient sa respiration semblant porter le deuil en ce mois de septembre. Seul le craquement du feu consumant les basses branches fait vibrer le silence. Et dans le rougeoiement des flammes, de grands bancs de moustiques dérivent lentement juste au-dessus des têtes. Les hommes, les femmes se pressent, silencieux.

Au centre du brasier naissant, dominant cette assemblée mouvante, une forme, figée, comme sculptée dans un basalte noir. Seuls les yeux percent, dans cette obscurité, deux trous d'une clarté insoutenable : la sorcière.

Avant que l'amoncellement de fagots ne s'embrase complètement, un jeune moine grimpe le long de l'échelle et vient tendre un crucifix face à la suppliciée. Il semble hypnotisé par celle dont le sort est désormais scellé. Son visage ruisselle, on ne peut le savoir, de sueur ou de larmes. Leurs deux regards se cherchent, se trouvent dans le brasier naissant. Le jeune religieux gravit encore un échelon. Ils se regardent et se regardent encore.

Il n'aurait jamais dû ouvrir ce grimoire, jamais dû en décoder les sortilèges inconcevables, jamais dû vouloir les vérifier ni en parler à cette sauvageonne. Car avec elle, sa foi et sa vie ont basculé. Mais il sait maintenant. Il s'approche un peu plus.

— Mélisande, je jure de venir te chercher par-delà cette mort. Le jour viendra où nous serons ensemble. Je jure de...

Le regard terrorisé de la jeune femme vient alors s'arrimer à celui qui vient de s'exprimer.
— Harald ! Harald ! Je t'attendrai.
— Descends ou tu vas griller avec elle ! lui crie-t-on d'en bas.

Il s'éloigne à présent, descend à reculons le visage tourné vers celle qu'il est en train de perdre. Quelques brandons viennent brûler le bas de sa soutane. Il recule encore. Tout le monde se fige. Alors, brutalement et dans un grondement sourd, tout l'édifice s'embrase, devient incandescent. Tout disparaît dans un torrent de flammes.

Toujours, personne ne dit mot.

À quelques pas de là, dans ces marais envahis par des eaux indifférentes aux jugements des hommes, les nappes stagnantes reflètent la splendeur étoilée d'un ciel profond, baignant dans une éternité limpide. Seul dans cette immensité nocturne, le bûcher est une plaie rouge-sang infligée à la terre par la folie des hommes.

1

Allongé dans le noir, le Grand Inquisiteur ne dort pas. Sitôt rentré, il s'est couché dans son grand lit à baldaquin, a tiré sur lui de lourdes couvertures pour combattre le froid et se protéger d'une humidité prégnante.

La condamnation récente de la sorcière de Tanneron revient curieusement le tarauder, l'empêchant de trouver le repos. La pluie s'est mise à tomber. L'inquisiteur a froid. Il tire de nouveau les couvertures, les relevant jusque sous le menton et fixe dans le noir le rectangle moins sombre de la lucarne percée dans la muraille face à son lit.

Le pape Léon X est mort l'année d'avant. Adrien VI que le dernier conclave a mis sur le trône de Saint-Pierre ne lui survivra pas longtemps. Mais la mission confiée par le Saint-Siège aux disciples de Saint-Dominique demeure. Le Malin est partout, cherchant à tirer profit de l'errance des hommes. Il est un combattant éradiquant le mal. Ainsi vit-il le cours de son apostolat.

Il revient à présent à la dernière exécution. La sorcière ne présentait pas les signes habituels d'un pacte avec le diable. C'est cela ! Elle était différente. Voilà pourquoi il ne peut en détacher son esprit.

Le vieux dominicain se remémore le dernier entretien qu'il a eu avec elle. Elle semblait réfléchie, concentrée, soucieuse d'expliquer et de se faire comprendre. Mais les faits étaient indiscutables. Il y avait manifestement là possession démoniaque. On ne disparaît pas ainsi sans l'aide du Démon. Dieu n'a rien à cacher. Le Malin si. Oui, à n'en pas douter, elle avait bien rendez-vous en enfer avec Lui.

Il se retourne encore. Il ne dormira pas. La pluie redouble d'intensité. Il achèvera la rédaction de son rapport dès que le jour sera là. Il ferme alors les yeux, écoute le lent ruissellement de l'eau à l'extérieur, le long de la façade. Il a relu encore le *Malleus Maleficarum* afin de ne pas commettre d'erreur. Sa décision est prise. Ce dossier sera clos avant la fin du jour qui vient. Il ira rejoindre tous les autres, enfermés dans le grand coffre lourdement équipé de barres de fer et cadenassé, protégeant son contenu de la vindicte populaire. La haine de tous ces gens pour ces mises à l'index. Toujours. Mais le jugement de Dieu doit passer. Cette fois-ci encore.

*

À l'Est, l'aube a déjà blanchi les crêtes montagneuses. Harald marche toujours, pataugeant dans les sentiers boueux de ces collines rouges. Il va dans les restes de nuit stagnant dans les vallons rejoindre la grotte où séjourna, jadis, Saint-Honorat, fondateur de l'abbaye de Lérins. La vie monastique n'est plus pour lui. La pluie a fini par céder mais il grelotte dans sa robe de bure, ruisselant sur ses espadrilles gorgées d'eau. De grands éclairs éblouissants zèbrent l'obscurité, claquant en de gigantesques coups de fouet au moment de l'impact. Ses pieds sont enflés mais il n'en a cure. Il serre contre sa poitrine le manuscrit qui a causé sa perte et celle de Mélisande. Mais il est aussi à présent le seul espoir de tout remettre en ordre.

Toute la nuit, les éclairs sont venus frapper dans les collines. Parfois, la brutalité des impacts de foudre le font sursauter. De brusques claquements réveillant les échos. Une lumière grise et charbonneuse diffuse à présent. Le vent d'Est s'est levé. Une dernière pente et la grotte est là. Il va pouvoir se changer et rouvrir le livre.

Quelques instants plus tard, il a empilé toutes les pièces de laine dont il peut disposer et se glisse dessous, espérant arrêter les tremblements qui ne l'ont pas quitté depuis le milieu de la nuit. Il va rouvrir le livre mais avant il doit faire le point.

2

Son premier souvenir est de terre mouillée et de cailloux à ramasser. Il est au ras du sol et ne voit, devant lui que les talons de l'homme, occupé devant à travailler son champ : son père. Des jours interminables, les genoux écorchés, les mains noires de crasse, de cette glaise froide dont il doit extraire de lourdes pierres rugueuses. Et puis, il y a la faim toujours présente durant ce temps d'avant, le froid l'hiver, la chaleur de l'été et le mutisme de son père. Le seul moment durant lequel il a un monde à lui, c'est la nuit. Il s'y réfugie, mutique lui aussi, comme celui dont il partage la cabane de torchis. Mais immuablement, le jour revient et toujours tout recommence. Sa mère est absente de ces premières réminiscences ; il ne la connaîtra jamais. Morte sans doute, en couches.

Et puis, un jour, un homme arrive. Il porte l'habit des religieux de l'île. Il se rend à l'abbaye mais avant, il s'arrête chez l'homme et son enfant, se repose un instant. Harald n'entend rien de ce qui se dit mais comprend que quelque chose va

peut-être changer. Quand le moine se lève, il vient lui prendre la main.
— Suis-moi petit. Dis au revoir à ton père.
Celui-ci s'approche, caresse sa tignasse hirsute, s'attarde longuement en le fixant des yeux puis d'une voix qui a changé:
— Va.
Et se tournant vers l'homme qui porte la robe de bure :
— Il s'appelle Harald. J'aimerais qu'il garde ce prénom. Nous l'avions choisi sa mère et moi. Sinon, vous comprenez...
L'homme de foi le rassure.
— Je comprends. Harald, soit.
Mais, au dernier instant, l'enfant s'accroche à celui qui l'a vu naître et vu ses premiers pas. Frère Eustache a compris. Il a lâché sa main et regarde le père.
— Parle à ton enfant. Prends ton temps. Je vais attendre plus loin.
Celui-ci alors s'accroupit. Il se met à genoux et le regarde enfin.
— Harald, mon fils, je veux que tu puisses continuer à vivre.
Une grande lassitude lui fait ployer les épaules, une infinie tristesse lui déforme les traits. Il ne dit plus rien mais son regard parle pour lui. Un long moment, l'enfant se colle encore à son père, une dernière fois, pour garder son odeur.
— Allez. Va, maintenant.
Celui qui, deviendra, plus tard, le Mage blanc pour ses contemporains, mettra du temps à accepter cette rupture. Il devra avant, en

comprendre la raison pour en faire le deuil. Quand il voudra savoir enfin ce que son père est devenu, il apprendra sa mort. Il ne saura jamais vraiment comment.

Les années suivantes sont le temps d'une lente mutation et de sa renaissance. De cette traversée venteuse sur une chaloupe à voile latine inclinée sur son flanc, il ne retiendra que le bruit de l'eau courant le long du bordé, accompagnant sa peur vers un ailleurs dont il ne connaît rien. Plus tard, c'est une odeur qui laissera une empreinte rémanente dans sa mémoire d'enfant : l'odeur de l'iode, humide et salée de la mer toute proche. La mer sera longtemps pour lui une source de peur. Le bruit grondant dans les tempêtes, lancinant durant la nuit, l'espace infini et mouvant cernant ce coin de terre.

Durant les premiers jours de sa venue sur l'île, il fuit les bords de mer, ne s'aventure que rarement hors des murs de l'abbaye, toujours en compagnie de frère Eustache, s'arrimant de ses poings à son froc de laine quand la peur est trop forte. Mais il ne parle pas. Le religieux, patient, monologue souvent. Il attend que l'enfant s'apaise et se remette en route. Souvent, l'homme et l'enfant passent de longues heures à soigner la vigne dont s'occupe la petite communauté. Harald y prend goût en découvrant une autre façon de travailler la terre, plus douce, et pour un fruit qu'il n'a jamais connu. Frère Eustache explique, son protégé écoute. Une autre vie qu'il ne soupçonnait pas est là, sans la faim ou le froid, sans la brûlure du soleil et les mains écorchées. Une autre vie…

Tous les deux se retrouvent aussi dans la bibliothèque attenante au cloître. Une longue pièce sombre dont la voûte se perd dans une obscurité confuse, percée de rares ouvertures en haut des murs et tapissée de rayonnages débordant de volumes anciens. Les autres moines n'y pénètrent que rarement. Seul, frère Eustache semble y trouver un véritable intérêt. Il s'y rend parfois une grosse lampe tempête en main, dont la lueur vacillante fait vivre autour de lui des ombres silencieuses.

Il passe de longues heures à compulser les plus vieux incunables alignés jusque dans les niches de bois sombre disposées en partie basse des grands meubles dressés le long des murs. C'est en ce lieu que l'enfant va se remettre à parler. Ses premiers mots seront une question. Le religieux sourit alors et pour la première fois ouvre un dialogue avec lui. Mais ici, la parole est rare. Ces échanges n'en auront avec le temps que plus de valeur. Les paroles échangées, les transmissions du savoir du maître à son élève n'en seront que plus fortes.

Le temps passant, une sorte de paix va finir par diffuser au plus profond du petit paysan reclus dans la grande abbaye. Ses peurs vont refluer, son esprit se détourner de l'inquiétude du lendemain pour se tourner vers ce que sa curiosité naturelle le pousse maintenant à vouloir découvrir. L'enfant va grandir, bientôt remplacé par un adolescent avide de savoir.

Mais en attendant, un jour se lève : prières, travail de la terre, murmure incessant de la mer baignant le rivage, le silence… puis la nuit qui revient... Les dernières prières et le repos de l'âme. Et puis tout recommence. Certains de ses compagnons vivent et vivront ainsi l'étendue de leurs vies. Le jeune moinillon, n'imaginant rien d'autre, s'y prépare. Les années passant, il va se rendre utile en prenant en charge les soins des parcelles de vigne, l'entretien des communs, puis plus tard, ayant vaincu ses craintes concernant la navigation, l'approvisionnement de l'île.

Harald finit par se détendre. Une pluie fine s'est remise à tomber, réveillant de fins ruissellements à l'entrée de la grotte. L'eau s'écoule presque silencieuse, avec en bruit de fond le murmure incessant de ces milliers de gouttes sur les feuilles et la roche écarlate. Une douce chaleur est venue le réconforter. Il s'enfonce un peu plus sous les couches de laine. Fermant les yeux, il repart en arrière. Les souvenirs reviennent.

...Le lent écoulement du temps, rythmé par la prière et les saisons, l'oubli de soi et sa jeune vie qui va à l'unisson des années qui se suivent. La mer, toujours la mer, toujours présente et qui va devenir maintenant son amie, sa complice, sa compagne avec laquelle il va se mettre à dialoguer durant les longues traversées entre l'île et la côte - Cannes - quand le temps le permet.

Durant ces journées, il va au contact d'une vie qu'il a quittée il y a bien longtemps et qui l'intrigue maintenant. Il en voit les tourments, les souffrances mais aussi l'énergie et le combat de forces parfois antagonistes. Chaque retour à l'abbaye est l'occasion de réfléchir sur ce qu'il vient de voir, d'entendre, d'imaginer aussi.

...Et puis, l'adolescent mûrit, va devenir un homme. Mais, à cette époque, point de questions encore. Tout semble aller de soi. Les réponses sont là, fournies par les Saintes Ecritures, où Dieu est la lumière et l'ultime justification.

Le ciel se fracture soudain, remplissant les vallons de grands écroulements de roches répercutés par les échos jusqu'aux crêtes noyées de brume et jusqu'au fond de la grotte recluse. Un éclair aveuglant claque, tout près, dans un bruit métallique. Le jeune moine sursaute. Le rideau de pluie s'intensifie soudain et le crépitement de l'eau résonne alors plus fort, dégageant un brouillard liquide au ras de la végétation. Mais abrité sous son amoncellement de toiles rêches, Harald s'abandonne à nouveau. Indifférent désormais aux vacarmes de cette matinée de tempête, il fait le vide en lui et retourne en arrière.

Un autre visage que celui de frère Eustache vient s'imposer à lui. Un visage doux dans le jardin des simples. Frère Anselme montre, explique, redresse une tige, nettoie les feuilles mortes. Harald suit, écoute, cherchant à retenir. Les plantes ont un pouvoir : celui de guérir ou bien de soulager. Il y a là une évidence. Harald apprend les plantes.

— Vois-tu, Harald, certaines plantes peuvent soulager ceux qui les connaissent et viennent les récolter. Mais à l'inverse de nous, elles le font sans

intention ni malice. Il suffit de les étudier pour s'en faire des alliées.

Regarde cette fleur. Elle n'a l'air de rien et ne semble exister que pour le plaisir de nos yeux. Mais il s'agit de l'échinacea angustifolia qui désinfecte et nous rend plus alerte. Maintenant celle-là : vois comme elle est magnifique. Elle se nomme passiflore. Elle calme, détend et améliore le sommeil. Cet autre encore trop souvent décriée, l'ortie, à recommander pour les douleurs articulaires. Et puis les autres, la prêle, la valériane, l'aubépine, la mélisse a priori insignifiante mais qui calme nos anxiétés comme nulle autre.

— Et celle-ci, frère Anselme ?

— Il s'agit de la bardane, excellente pour toutes les affections de la peau.

Jour après jour, saison après saison, le jeune apprenti devient un érudit des plantes médicinales. Et puis, un jour, il rencontre, entre les pages d'une vieille pharmacopée tirée d'un rayonnage de la bibliothèque, une plante sur laquelle l'auteur ne tarit pas d'éloge : la mandragore.

— La mandragore !

Le mot résonne dans la grotte, en contrepoint du vacarme au dehors. L'image de la plante apparaît lentement dans son esprit, devient plus nette puis s'estompe et se fond dans le noir. Vaincu par un flot débordant d'émotions trop violentes, il vient de plonger dans l'inconscience.

3

Cannes, trois mois plus tôt

L'étrave de la chaloupe vient racler les galets de la plage au pied du Suquet. Harald saute à terre, une amarre à la main. La voile a déjà été ferlée et l'embarcation a fini sur son erre. L'effervescence au pied du promontoire est grande. L'air est vif et le cri des oiseaux de mer venant croiser au ras des coques accompagne les appels de la foule. Le ciel est lumineux.

Quelques tartanes sont amarrées le long du quai de roches brutes, se balançant imperceptiblement au gré d'une légère houle venue du large. Des marins à la peau brune en descendent de grosses balles blanches. Quelques pêcheurs accostent, d'autres sont déjà là, déchargeant leurs prises pour les confier aux étals dressés non loin en fond de plage.

Des enfants partout, courent, s'interpellent. On vient ici pour voir, pour vendre ou acheter. Harald ce matin est venu voir la vendeuse de simples. Grâce à elle, le jardin de l'abbaye s'enrichit régulièrement de nouvelles plantes médicinales.

Mélisande descend, chaque milieu de semaine, des hauteurs de Tanneron. Plutôt menue, ses yeux d'un blanc nacré entourant des prunelles noires illuminent un visage à la peau brune couronné d'une épaisse chevelure sombre. Elle apparaît souvent, vêtue d'une ample pointe sombre lui couvrant les épaules.

Pour elle, la vie a débuté tout en haut de ces versants dominant, au pied de leurs flancs Est, la basse plaine marécageuse. Une retraite, un refuge, en compagnie de sa mère et de sa grand-mère les protégeant des miasmes de ces terres infertiles, gorgées de mauvaise eau. Très tôt, elle les a accompagnées dans la récolte et la préparation des plantes poussant dans les collines. Elle a pu en apprendre les vertus et tester leurs effets.

Autodidacte, entre transmission et expérimentation, elle en est devenue une véritable référence, une gardienne des savoirs anciens.

— Mon troupeau de racines et j'en suis la bergère aime-t-elle à se dire.

Vingt ans déjà. Sa jeune vie ne demande qu'à prendre son envol. Ce matin, elle est descendue tôt. Une vieille toile beige tendue au sol sur laquelle elle place de petits sacs de toile, certains roulés pour mettre en évidence leurs contenus de fleurs ou de feuilles séchées, des pots en terre pour les boutures, de petits sachets enfin de plantes condimentaires. La jeune paysanne vient vendre ses produits ainsi que les plantes récoltées dans les collines et dont elle connaît les vertus. Ses avis sont écoutés, respectés, ses plantes d'une réelle efficacité. Ses connaissances acquises sur le terrain lui ont donné une sagesse inhabituelle pour une personne de son âge.

Les connaissances d'Harald n'étant au départ que livresques il s'en est rapproché afin de recueillir ses conseils. L'homme qu'il est devenu, protégé sur son île des rigueurs de l'époque, des risques de maladies ou de violences, s'est épanoui, en ayant trouvé dans la sérénité du cloître de Saint-Honorat des conditions propices à la satisfaction de sa curiosité et sa soif de connaissance.

Harald est grand, portant barbe rase et fine moustache et sa haute stature se repère de loin. Brun comme jadis son père mais il ne s'en souvient pas.

Le voyant arriver, Mélisande se relève et l'interpelle.

— Monsieur le Moine ! Alors ? Avez-vous déjà effectué les plantations de mes derniers rejets ?

Harald sourit. Il se rapproche et s'accroupit devant le présentoir à même le sol. Face à lui, elle en fait de même.

— Mélisande ! Combien de fois devrais-je te le dire ? Je ne suis pas moine. Enfin, pas tout à fait encore.

— Oh, mais rien ne presse. Je peux donc toujours t'appeler Harald, tout simplement !

— Voilà, tout simplement. Aujourd'hui, je ne t'achète rien mais j'ai besoin de ton avis.

Mélisande s'assoit, resserre autour de ses épaules son grand châle de laine et attend la suite.

— Je t'écoute.

— As-tu déjà entendu parler de la mandragore ?

*

Harald a rejoint Mélisande la semaine suivante à l'heure où le quai se vide et chacun rentre chez soi. Quand il a parlé de la proposition de la jeune paysanne de le conduire au Tanneron afin de prélever la plante dans le strict respect des conditions de cueillette, conditions impératives, incontournables sans lesquelles les pouvoirs de la plante deviendraient maléfiques, frère Anselme a hésité.

— La mandragore ne soigne pas. Elle protège, dit-on. Mais qu'avons-nous à attendre ici de cette plante lorsque nous sommes déjà dans la main de Dieu ?

Informé du projet, frère Eustache a fait valoir, de son côté, que tous les écrits sur le sujet n'avaient jamais fait l'objet d'une quelconque vérification. Si la jeune vendeuse d'herbes savait où poussait la mandragore, l'occasion était trop belle pour ne pas la saisir et savoir ce qu'il en était véritablement.

— Mais les textes anciens nous mettent en garde : il y a risque de mort, et sans résurrection.

— Superstition frère Anselme. Et puis, ici, comme vous venez de le dire, le seigneur nous protège.

Le Père supérieur a voulu savoir. Il est allé consulter les documents à la bibliothèque.

« Les rituels se déroulent les nuits de pleine lune. Un religieux trace avec un poignard rituel trois cercles autour de la mandragore et creuse ensuite pour dégager la racine. Une jeune fille est placée à côté de la plante pour lui tenir compagnie. On passe également une corde autour de la racine et on attache l'autre extrémité au cou d'un chien. On appelle alors au loin le chien pour qu'en tirant sur la corde il arrache la plante.

La plante émet lors de l'arrachage un cri ***d'agonie insoutenable****, tuant l'animal et tout être humain dont les oreilles ne seraient pas bouchées par de la cire. La racine devient magique après lavage,* ***macération et maturation.***

Ainsi choyée, elle reste éternellement fidèle à son maître qui jouit d'un talisman procurant santé, fécondité et ***prospérité*** *prodigieuse. »*

« Magique ». Il n'aime pas ce terme. Entre vêpres et complies, les trois religieux en ont débattu, cheminant dans les coursives autour du cloître. Comme il se doit, chacun écoute et laisse un long silence avant de prendre la parole. Le discours est rythmé par leur déambulation lente et silencieuse. Chacun avance ses raisons. Les deux autres écoutent. Finalement frère Eustache trouve le bon argument.

— Mon père, il y a là l'occasion de combattre de pernicieuses superstitions qui détournent les fidèles des vérités de notre Sainte Mère l'Église et de l'amour du Très Haut. Sachons reconnaître, et notre bibliothèque en atteste, que tout œuvre de l'esprit et d'approfondissement des connaissances est une élévation vers le divin. L'argument a porté. L'abbé a autorisé.

Harald a en main le poignard béni par le père supérieur lui-même, ainsi qu'un petit pot de cire. Mélisande tient en laisse un chien récupéré sur les rochers de l'abri-port au pied du Suquet. C'est la première fois qu'ils se retrouvent seuls, éloignés de toute habitation.

L'apprenti moine a convaincu la jeune paysanne d'embarquer sur l'embarcation de ravitaillement de l'abbaye afin d'éviter de longer une grève incertaine jusqu'au pied de Tanneron, chemin que pourtant, elle emprunte chaque semaine. Mais Harald est pressé. La baie est rapidement traversée par brise de suroît. Une houle serrée vient gifler l'étrave, occasionnant quelques embruns.

— Tu as peur ?

Elle a peur bien sûr, n'ayant jamais navigué, mais ne peut s'empêcher d'admirer la maîtrise du jeune homme durant cette traversée. Depuis sa montée à bord, elle n'a pas lâché le bordé, l'autre main resserrant son châle autour d'elle. Elle ne dit rien, se retourne de temps en temps et scrute le fond de la baie qui se rapproche. Elle va rester tout le temps assise sur une haussière lovée à l'avant, faisant face à son compagnon qui s'occupe de la navigation depuis l'arrière.

Le promontoire de l'antique Arluc est bientôt dépassé ; il est temps d'accoster. Le soleil baigne la ligne de crête du massif lorsqu'une nouvelle fois la grande barque vient s'échouer sur le rivage. Elle attend que tout ait véritablement cessé de tanguer. Enfin, elle saute à terre. Elle se redresse, soulagée. La direction des opérations change alors de côté.

— Une heure de marche. Ne me perds pas de vue quand la nuit tombera. Suis-moi. Surtout, ne passe pas à côté de la trace que je vais emprunter.

Harald ne dit mot. Se détournant alors, Mélisande se met en route.

Depuis sa jeunesse, sa mère, sa grand-mère l'ont toujours mise en garde contre la violence des hommes. Longtemps, elle les a fuis. Mais à l'adolescence, les choses ont changé. Les garçons puis les hommes ont fini par capter ses regards, ses pensées, ses intentions. Elle a fini par sauter le pas. La tentation était trop forte. Mais il lui a fallu apprendre tout à la fois à se donner et se défendre.

— La vie est un combat deux fois plus haut quand on est une femme. Garde toujours une lame sur toi, lui répétait sa mère.

Le regard, la façon dont on la dévisage est un indice. Apprendre à prendre et se méfier. Maintenant elle sait faire. Mais le désir ne se dompte pas aussi facilement. Le corps a son indépendance. Un geste, un mouvement de tête, un frôlement ou le son d'une voix, une odeur parfois peuvent lui offrir des perspectives vertigineuses. Le corps incite mais ne décide pas. Pas chez elle. Question de survie....

Mélisande connaît la trace. Elle sait les pièges à éviter. Cet exercice extérieur accompagne ses réflexions intérieures. Les hommes, les hommes ! Et puis Harald.

Jamais, elle n'aurait accepté ce qu'elle est en train de vivre avec un autre que lui. Harald est différent. Est-ce son habit de moine ? Son désir de se tourner vers la vie monastique ? Sans doute. Il ne cherche pas à dominer, imposer ou prendre par la force. Il est plutôt dans l'écoute et le partage. Le respect du savoir et de la différence. Il y a son regard : impatient et curieux, à nul autre pareil. Elle se retient de s'arrêter et de se retourner afin de vérifier encore ce qu'elle a perçu chez lui. Elle se tourne pourtant. Harald stoppe à son tour et lève les yeux.

— Toujours là ?

— Je te suis.

Sans un mot, elle se détourne et reprend son chemin avec un léger sourire. La nuit est descendue du ciel sur une terre absente. Il a bien ce regard. Elle hâte le pas, le chien sur ses talons. Ils ne sont plus très loin.

La lune est pleine cette nuit. Une lune rousse qui blanchira quand elle gagnera les hauteurs du ciel. Une lune légèrement ovale, déformée, comme sortant de son utérus de terre pour rejoindre bientôt le monde totalement sphérique des autres corps célestes. La jeune paysanne vient de s'arrêter face à un grand monolithe, comme un empilement d'énormes vertèbres granitiques. Une odeur fétide se dégage des marais proches.

Il fait humide et froid. La masse sombre et imposante de Tanneron se dresse au-dessus d'eux mais leurs yeux ont eu le temps de s'accoutumer à l'obscurité. Mélisande pointe du doigt.

— Là.

Harald s'approche, se penche, observe. Les feuilles sont larges, charnues, légèrement gaufrées. Il se rapproche encore. Des fleurs bleues à cinq pétales avec, au cœur, une minuscule boule jaune comme un œil qui vous regarde. Il n'y a pas de doute. Il se redresse.

— J'ai toujours admiré ta connaissance des plantes. Tu ne t'es pas trompée. Cette fleur est conforme aux descriptions que j'en ai lues. Il s'agit bien de mandragore. Mais pourquoi pousse-t-elle au pied de ce rocher et nulle part ailleurs ?

— Je ne sais pas. Ma mère et ma grand-mère n'en ont trouvé qu'ici. Elles ne les ont jamais récoltées. Mais il y a plus mystérieux encore. Pose ta main sur la roche.

Faisant le tour des fleurs au sol, il tend la main, la pose sur le granit et se recule immédiatement pour revenir toucher la surface rugueuse de manière plus circonspecte.

— La roche est tiède ! Et elle vibre légèrement !

— Ah ! Toi aussi, tu l'as remarqué.

— Mais c'est évident.

— Pourtant personne ne veut le reconnaître. Je crois que les gens ont peur de ce qu'ils ne comprennent pas. Alors, ils préfèrent dire que ce n'est pas vrai.

Le jeune apprenti moine revient face à la pierre. Mélisande l'observe, concentré, cherchant à déchiffrer un quelconque mystère. La lumière argentée nappe les alentours et lui confère une image irréelle. Une statue de verre scintille faiblement sous le clair de lune. L'esprit face à la matière s'interroge sur sa conformation et sa réalité intime ; tout ce qu'elle cherche elle aussi dans le monde des plantes. « Il est beau », se dit-elle. Il se retourne vers elle.

— Elle est tiède et elle vibre.

— Alors, j'ai bien fait de t'amener ici. Et je ne suis pas folle.

Une légère crispation de la nuit autour d'eux, lui rabat une mèche au milieu du visage puis s'évanouit. Elle l'écarte d'un geste.

— Je n'ai jamais tenté de récolter cette plante. Ma grand-mère est devenue livide lorsque je lui en ai parlé. Jamais ! m'a-t-elle dit. Jamais ! Jure-le moi. Je n'y ai jamais touché.

Ils regardent maintenant la plante et se taisent...

— Mais je t'ai lu la façon de s'y prendre. C'est écrit dans mes livres. Nous avons tout pour le faire.

Leurs voix chuchotées voyagent au ras des eaux stagnantes. Mélisande hésite à braver l'interdit. Elle se met à rire, nerveuse.

— Je ne sais pas. Tu crois ?

— Tu sais que j'ai besoin de toi.

— Tu es peut-être fou ou inconscient ou peut-être que...

Ils se font face. Une même impatience curieuse voyage dans leurs yeux. Encore un temps d'attente, un temps d'hésitation et puis subitement :
— Prends la cire et bouche-toi les oreilles. Moi j'attache la corde.
Harald se baisse, relie la corde au collier de l'animal, puis se redresse et utilise la cire. Tout est sourd, à présent. La jeune paysanne recule de quelques pas, méfiante.
Harald a sorti son poignard. Ses gestes sont lents, à présent, mesurés, appliqués. De la pointe de sa lame, il trace au sol trois cercles concentriques autour du pied de mandragore puis revient se placer à côté d'elle. Dernier regard.
— Tu es prête ?
Elle n'a rien entendu mais incline la tête. Ils se prennent la main. Ils sont, maintenant, deux silhouettes sombres sous le clair de lune, immobiles, attendant l'exécution d'un rituel magique. Harald enfin s'éloigne. Et les actes s'enchaînent. Le chien se rue et vient chercher à ses pieds l'appât qu'il lui a présenté. Il n'est pas mort. Les deux jeunes gens se rejoignent, se débarrassant de leurs bouchons de cire.
— Je n'ai rien entendu.
— Évidemment. Nous avions les oreilles remplies de cire.
— Une sur deux pour moi.
— Mais tu es fou !
Harald se met à rire et lui pose les mains sur les épaules, la regardant au fond des yeux.
— Le doute est légitime. Ainsi en est-il des choses de ce monde. Frère Eustache me le rappelle

souvent, m'incitant à chaque fois à vérifier ce que d'autres ont toujours tenu pour révélé. Le doute est légitime mais il comporte un risque aussi : celui de se tromper.

— Et tu as pris ce risque !

Il se remet à rire.

— Je n'ai rien entendu.

Ces paroles secrètes ont rejoint dans le noir l'écho des pentes proches. Cette nuit est celle de leur premier partage. Eux seuls, et bientôt frère Eustache, le sauront désormais.

4

Harald doit bientôt prononcer ses vœux. Il est devenu officiellement l'aide de frère Eustache à la bibliothèque. Il classe, déplace, consulte et prend soin des plus vieux documents. Certains doivent faire l'objet d'une recopie avant qu'ils soient hors d'usage. Le savoir accumulé entre ces murs lui semble infini. Mais il sait d'expérience qu'il faut savoir aussi remettre en cause certaines vérités. La mandragore en est un bon exemple.

Ça s'est passé un soir, dans le silence de l'abbaye, où certains reposaient, d'autre priaient sans doute, dans le secret leurs cellules. Frère Eustache venait de quitter les lieux en passant par la sacristie, lui laissant la lampe tempête et le soin de refermer un peu plus tard quand il aurait fini sa tâche. Le silence était total. Tout reposait dehors sous un ciel étoilé et dans le cloître, la nef, la salle capitulaire et tous les lieux de vie de ce lieu de prières. Harald se mouvait posément dans un océan de pénombre et de silence. Le bruit de ses sandales sur le sol de pierre, celui des incunables manipulés avec précaution, sa respiration comme unique témoin du temps qui s'écoulait, seuls tous ces bruits animaient encore cette caverne aux archives, nichée au fond du monastère. La lueur fragile de la lampe oscillait faiblement, faisant danser autour de lui tout un ballet incertain de grandes ombres énigmatiques.

Le vieux grimoire était là, caché au fond de cette caisse poussée contre le mur et dont on se servait parfois, en montant dessus, pour atteindre les rayonnages supérieurs. Harald l'a ouverte et a commencé à la vider en empilant à même le sol les énormes parchemins reliés entre eux par de gros liens de chanvre. Le dernier assemblage était recouvert d'une poussière presque noire. Il était lourd. Il s'est redressé puis est venu le déposer sur la grande table centrale, près de la source de lumière.

Tout de suite, il a su que quelque chose d'anormal venait de se produire. La lueur qui jusque-là rayonnait dans le balancement habituel de la flamme recluse se mit à tressauter comme animée d'une vibration subite et mécanique.

Interdit, il s'est redressé, cherchant à comprendre le phénomène. Ne trouvant rien qui puisse l'expliquer, il s'est saisi à nouveau de l'assemblage de parchemins, le soulevant du lourd plateau de chêne. La lueur a repris sa pulsation aléatoire. Il l'a reposé. La vibration a repris. Alors, il a ouvert le vieux grimoire. Et c'est là qu'il l'a vue pour la première fois.

Une petite boîte de bois sombre veiné de noir de la taille d'un étui pour le rangement des outils d'écriture. À l'intérieur, une plaque de pierre noire rectangulaire de l'épaisseur d'un doigt. D'un noir profond comme, la nuit, celui du ciel où le regard se perd. D'un noir qui vous aimante et ne vous lâche plus.

Harald a refermé les yeux en secouant la tête puis les ayant rouverts a tendu la main pour se saisir de l'objet. Lisse, tiède, vibrant imperceptiblement. La flamme, de son côté, avait déjà repris sa danse nonchalante. Il s'agissait donc bien de ça. Il s'est saisi de la petite boîte, y a emprisonné la tablette, puis, ayant refermé derrière lui la lourde porte chuintant sur ses gonds, a regagné l'intimité de sa cellule, la lampe dans une main et la boîte dans l'autre.

*

— Il ne faut pas y voir automatiquement la manifestation du divin, Harald. Le divin n'a pas besoin d'objet pour se révéler à nous. Il est déjà en nous. Non. Il s'agit d'autre chose.

Frère Eustache est revenu, le jour suivant, au grimoire ouvert sur le plateau de chêne au milieu de la bibliothèque.

— Il faut le déchiffrer, en découvrir et en comprendre tous les enseignements.

Il en a tourné précautionneusement quelques pages et étudié les premières lignes. Harald s'est tu puis l'a laissé à son étude.

Le mois de juin venait de débuter. Ebourgeonnage et palissage l'attendaient dans les vignes, sans compter le binage afin d'aérer les sols et protéger les jeunes plants.

Quelques contrevents mal fixés et malmenés par les dernières tempêtes réclamaient également son intervention. En attendant, le boîtier avait été ramené dans son logement, à l'intérieur de l'incunable. Sa vibration était toujours là : imperceptible mais permanente.

Durant plusieurs jours, les recherches de frère Eustache sont restées vaines. Le vieux grimoire a gardé ses mystères. Les textes avaient été manifestement codés. La clé de lecture fut finalement trouvée en inversant entre elles toutes les lettres de l'alphabet, chacune correspondant en miroir à celle de même degré d'éloignement de la lettre « M », lettre médiane de l'alphabet. Ainsi le « Z » remplaçait le « A », et le « L » et le « N » qui encadraient le « M » étaient interchangeables, etc.

À partir de là, les textes devinrent intelligibles et livrèrent... L'INCONCEVABLE !

5

La réminiscence de ce souvenir finit par tirer Harald de sa léthargie. La tempête s'éloigne, tonnant à présent du côté de la grande élévation rocheuse qui se signale au loin en direction de l'Est. Ici, seul l'écoulement résiduel de l'eau s'égouttant des massifs de bruyère et des arbousiers en fleurs sur le sol détrempé continue de meubler les pentes rendues à leurs silences. Les nuages ont regagné le ciel et libére le massif de son manteau d'obscurité.

D'un geste instinctif, il retrouve son livre, s'assure de sa présence ; rassuré, il se détend et referme les yeux. Les textes avaient été codés, manifestant par-là l'intention de leur auteur d'en limiter l'accès. Le choix d'inverser l'utilisation de l'alphabet devait préparer un lecteur éventuel au sens caché de ces écrits : un retour en arrière ou un retournement des choses.

L'image de frère Eustache se matérialise alors peu à peu dans son esprit. Mais ce n'est plus le maître rassurant que connaît son élève. La mine est sombre, soucieuse, le regard est inquiet, le maintien moins affirmé. Le moine est manifestement ébranlé par ce qu'il vient de déchiffrer et de comprendre: l'origine du monde et sa permanente réinvention. Ainsi la décrivait le vieux grimoire. Il avait fini par en transcrire l'essentiel et comme lui, Harald n'avait su sur le moment ce que cela signifiait vraiment. La voix de frère Eustache, incertaine et doutant de ce qu'il est en train de lire résonne dans sa tête comme un bourdonnement que la raison a du mal à admettre.

« L'Univers se réinvente éternellement de désintégration-recréation en désintégration-recréation. Une fois son cycle achevé et au moment où il disparaît pour que le suivant voie le jour, chaque "exemplaire", chaque monde ayant bouclé sa boucle est archivé dans une réalité chrono-vibratoire, différente chaque fois, lui permettant de continuer à être, à côté de celui qui vient de naître.

Ainsi existe depuis toujours, un nombre infini de "répliques" de notre propre monde entre lesquelles quelques anomalies permettent de voyager. La nature en limite l'accès car l'osmose entre deux mondes parallèles peut amener à des paradoxes et des contradictions antinomiques avec leurs existences propres. Ces failles sont des menaces majeures qui, si elles se concrétisaient, impliqueraient alors immédiatement un cycle nouveau de désintégration-recréation.

Ce manuscrit consigne les règles fondamentales de la survie de notre monde. D'où nous viennent-elles et qui les a écrites demeurent un grand mystère. Mais je suis un "passeur". À toi de t'inscrire, comme moi, dans la longue chaîne de ce savoir primal. À toi de le transmettre quand le moment viendra.

Quand le monde renaît, il suit l'évolution de son double antérieur. À l'identique, jusqu'à ce qu'un passeur le quitte et retourne en arrière. Le cours des événements peut alors changer et induire une nouvelle orientation dans le monde réel. Un moyen de permette à l'humanité de récrire son histoire.

Comme un parchemin que l'on gratte pour en reprendre le texte et corriger les erreurs. Un passeur intervient, l'histoire peut muter.

De répliques en répliques, le monde ainsi a la possibilité de s'améliorer.

La faute serait de vouloir, pour un même passeur, traverser plusieurs mondes. Une autre faute serait aussi de vouloir manœuvrer contre la vie sur terre dans le monde d'avant. Tout s'arrêterait alors pour un nouveau cycle de désintégration-recréation du monde. Tout serait à refaire une nouvelle fois. Ainsi en est-il du grand principe universel. »

Frère Eustache se tait. Harald le revoit balayer du regard l'espace autour de lui, chercher un point d'appui.

— Où se trouve en cela la parole de Dieu ? La création du monde selon les Écritures ? Y a-t-il hérésie ? La voix se tait et l'image du vieux moine faiblit, finit par s'estomper et disparaître.

Suivait un document relevant à la fois du portulan et du cartulaire. À la différence du premier mentionné, il ne localisait pas de ports ni d'abris, le long des côtes mais des sites à l'intérieur des terres. L'autre versant du document définissait ce qu'étaient les « passeurs ». Suivait enfin l'inconcevable : comment pousser la porte du monde avant le monde, passer de l'autre côté. Effectuer le geste et dire la parole pour ouvrir une faille.

« Par nuit de morte lune,
une main sur la roche et la pierre tenue,
prononceras son nom : OSMOS »

« Le doute est légitime », mais jusqu'où peut-on pousser cette provocation face au Verbe révélé ?

Frère Eustache s'était détourné. Il ne s'agissait là pour lui que de la prédication d'un mage dont le seul intérêt était de divertir ou de semer le doute. Il n'avait plus voulu en débattre avec Harald, lui enjoignant de remiser le grimoire au fond de sa caisse et de ne plus y toucher. Mais...

La semaine suivante, assis face à Mélisande et son tapis de plantes, indifférent au tumulte du marché en plein air, entre appontement et colline voisine, loin des cris des oiseaux et des cris des enfants, la chevelure fouettée sous un ciel changeant par un Levant chargé d'embruns,

Harald avait fait état de ce qu'il venait d'apprendre.
— Et la pierre ? Où est-elle ? Tu l'as sur toi ?
— Non. Elle est avec le cartulaire. Je n'ai pas voulu dissocier l'ensemble du grimoire.
— Elle est tiède, dis-tu et elle vibre aussi ?
— Comme la roche à mandragore. Mais frère Eustache ne ressent quant à lui aucune vibration quand il s'en saisit. Pourtant elle vibre, je t'assure.
— Apporte-moi la pierre. Je te dirai si je la sens vibrer aussi.

Une vieille femme s'était alors approchée courbée sur son bâton.
— Bonjour, mon père.

Le jeune homme avait souri et incliné la tête. Il ne s'était pas vu répondre : « Bonjour ma fille ».

Comme beaucoup ici, cette paysanne connaissait les plantes mais pas toutes. Elle portait une toile relevée aux quatre coins qu'elle avait déposée à côté d'elle. Les femmes de Tanneron étaient reconnues pour leur savoir ancestral en la matière. Mélisande était leur héritière. On venait la consulter souvent. La jeune vendeuse de plantes s'était penchée et avait commencé à en inspecter le contenu. Durant ce temps, Harald s'était levé puis détourné pour s'avancer sur le môle au bout du quai afin de méditer face au large. Il avait besoin de réponses.

À l'abri sous ses couvertures, il rouvre les yeux et revit alors intensément ce moment d'incertitude :

« Puis-je me satisfaire, comme me le demande frère Eustache, d'une décision occultant le filtre de

l'esprit ? Serait-ce une épreuve du ciel destinée à tester la crainte des hommes face à leur Créateur ? Le chapitre 22 du livre de la Genèse pourrait être une réponse. Dois-je, comme Abraham, suivre ce qui pourrait être un gage à donner pour honorer le lien entre les hommes et Dieu ? Aller, envers et contre tout, au bout de ce que tout homme ne peut que refuser ? Être prêt à commettre un acte transgressif que la raison condamne pour l'amour de Dieu? L'exemple serait alors dans des Saintes Écritures.

Qui a écrit ces textes ? Quelle volonté se cache derrière de telles révélations ? Que dois-je faire ? »

Il était revenu à pas lents, méditatif s'asseoir face à l'étal de Mélisande.

— Apporte-moi la pierre.

— Je ne sais pas.

— Justement. Tu ne peux pas ne pas savoir. Et tu m'en as trop dit.

Harald relève la tête.

— J'ai eu tort.

— Écoute-moi, Harald. Même si tu faisais ce que frère Eustache te demande, même si tu remisais ce grimoire au fond de sa caisse, que crois-tu qu'il se passerait.

— ...

— Eh bien, je vais te le dire. Tu y penserais jour et nuit. Tu n'aurais de cesse de chercher à savoir.

Elle se tait, réfléchit à son tour. Puis brusquement :

— Je te propose une solution. Apporte-moi la pierre. Nous verrons bien si je la sens vibrer.

— Et puis, quand bien même ? Où cela nous mènerait-il ?
— Cherche une porte. Tu as la carte. Étudie-là.
— Je ne sais pas.
— Tu me rapporteras la pierre ?

Harald hésite.

— Peut-être. Oui.

Il se lève, soucieux.

— Je dois rentrer. On se revoit bientôt.

Et sans un regard en arrière, il avait regagné la barque. Des pêcheurs l'avaient aidé à la remettre à flot. Quelques coups d'aviron afin de se déhaler et s'éloigner de la grève. Puis il avait raidi la drisse et la coque s'était inclinée sur le flanc quand il avait bordé l'écoute. Harald était rentré à Lérins avec ce que sa communauté lui avait demandé de ramener à l'abbaye.

Mélisande l'avait suivi des yeux. La voile avait glissé lentement sur le plan d'eau puis s'était animée lorsque l'étrave avait commencé à chevaucher la houle de suroît. Longtemps elle l'avait accompagnée du regard jusqu'à ce que la lourde embarcation vire de bord et double la pointe de la grande île pour disparaître dans la passe.

6

Harald se réveille. Une faim animale est venue le chercher. Mais à part les baies sauvages, plutôt rares en cette saison, il n'aura rien. Il va devoir faire avec.

De toute façon, il se doit, maintenant, d'agir vite. Inutile d'attendre. L'horreur du bûcher de la veille, même s'il a le sentiment de pouvoir en effacer la réalité, le pousse à se lever.

Le froid l'a quitté, ce froid perçant, glaçant de cette exécution, renforcé par celui de la nuit et de l'eau que le ciel a jeté sur la terre bien au-delà de l'aube. Une impatience monte en lui. Il se redresse, gardant sur lui la protection des lourdes couvertures, tire à lui le grimoire et l'ouvre.

Mais avant, il doit absolument se remémorer l'enchaînement des événements qui l'ont conduit, en compagnie de Mélisande, à traverser la faille. Car c'est par elle qu'il espère, à présent, la ramener à lui.

*

La semaine suivante, Harald avait programmé la réparation d'une varangue sur la grande chaloupe. L'intervention du charpentier devait nécessiter au moins deux jours de travail. L'été serait bientôt là. Il pourrait donc se satisfaire de sa grande pèlerine en guise de couverture pour une nuit passée à dormir sur le sable à côté du chantier. Mais son projet avait été tout autre.

Muni de l'étui contenant la pierre, il était allé retrouver Mélisande. Avant de la lui montrer, il avait de nouveau vérifié, une nouvelle fois, la vibration qui, selon lui, en émanait.

— Elle vibre.

La jeune herboriste avait relevé les yeux.

— Tu as raison. Elle vibre.

Ils s'étaient regardés, un vague sourire aux lèvres.

— Tu as vu sur la carte ?

— Il y a des régions que je ne connais pas. Mais les îles ont été faciles à repérer. J'ai pu ainsi localiser une porte près d'ici.

— Où ?

— La roche à mandragore pourrait tout à fait convenir.

— Comment en être sûrs ?

— Il y a un moyen. Si la roche est une porte, le simple fait de s'en approcher, muni de la pierre doit en intensifier la vibration.

Ils s'étaient de nouveau regardés, mais cette fois-ci sans se voir, chacun perdu dans ce qu'il pouvait imaginer ce que tout cela pouvait signifier vraiment.

— Nous devons y aller. La nuit prochaine sera de morte lune. On ne peut pas rater cette occasion.
— Je sais. C'est la raison pour laquelle j'ai programmé cette réparation aujourd'hui.

Mélisande s'était mise à rire.

— J'en étais sûre.

Puis, redevenant sérieuse.

— Harald, tu veux toujours devenir moine ?
— Hein ? Mais bien sûr ! Pourquoi cette question ?
— Tu n'es pas comme les autres prêcheurs, prieurs, tous ceux portant l'habit. Ce que nous allons faire ne va-t-il à l'encontre de ta foi ?
— Frère Eustache le pense. Mais moi, je ne crois pas. Si tout cela est faux, nous le saurons bientôt. Nous le saurons et pourrons retourner à notre vie d'avant. Je remiserai alors définitivement le grimoire et la pierre tout au fond de la caisse. On n'en parlera plus.

Un silence s'était installé, à ce moment, entre eux. Besoin de revenir sur cette manière d'interpréter la situation. En mesurer l'impact et la portée. Savoir s'ils ne faisaient pas fausse route. « Le doute est légitime. »

— Ce soir, je t'attendrai à la tombée du jour, au pied de la butte d'Arluc. Tu viendras ?
— Je dois savoir. Je viendrai. Mélisande ?
— Oui ?
— Toi non plus, tu n'es pas comme les autres.
— Je veux savoir, comme toi. C'est tout. Tu viendras ? C'est sûr ?
— Je viendrai.

Harald était retourné au chantier, sur la plage, surveiller la dépose de la pièce défectueuse.

*

Il se redresse et s'adosse à la paroi de roche. Ce souvenir est important pour lui. Il a besoin d'être sûr de ne pas avoir entraîné contre sa volonté la jeune femme dans un cours qui finalement lui a été fatal, ne pas l'avoir incitée à le suivre dans sa quête de vérité. Il retourne à son évocation, en traquant les détails, conscient que s'il veut réussir, il doit absolument répéter à l'identique la séquence passée.

*

Ils se sont retrouvés, le soir tombant, au pied d'Arluc, sur un terrain de terre molle envahie par les eaux du fleuve venues rejoindre, ici, la baie. Tout un réseau d'écoulements tissé de rus enchevêtrés et de vasières segmentait cette partie de côte où l'on pouvait facilement se perdre. Parfois, ne trouvant pas d'issue, l'eau s'immobilisait, pourrissant la végétation qui baignait dans ses poches stagnantes.

L'ombre s'est étendue rapidement à toute la basse vallée tandis qu'ils s'éloignaient, tournant le dos au large. Ils se sont enfoncés dans la nuit et les marais fangeux, en direction de la roche à mandragore.

Tous les deux se sont tus durant ce temps d'approche. Mélisande, concentrée, relevait la trace. Son compagnon suivait, portant la boîte. L'obscurité était totale. Il faisait bon mais la nuit, immobile, semblait attendre quelque chose.

Soudain, Harald s'est arrêté.

— Mélisande ! La pierre vibre plus fort.

Elle est revenue près de lui. Ensemble ils ont sorti la pierre. La plaque noire émettait, à présent, un léger bourdonnement accompagnant ses vibrations. L'ayant remise dans son étui de bois, ils sont repartis. Ce n'est que quelques instants plus tard que Mélisande a signalé une autre anomalie.

À une centaine de mètres à peu près, au milieu des marais, la roche à mandragore émettait de lentes pulsations lumineuses bleu pâle. Comme une respiration du géant monolithe. Les vagues de lumière semblaient irradier du cœur de la roche pour aller, sans bruit, se perdre plus loin, tout autour, dans l'obscurité.

Ils se sont approchés. Chacun pouvait voir sur le corps de l'autre, la progression des ondes s'éloignant dans le noir. L'air avait pris la consistance d'un fluide dans lequel ces ondulations s'éloignaient en cercles concentriques.

Combien de temps étaient-ils restés ainsi, sans bouger et sans bruit, baignant dans cette phosphorescence ? Le grimoire ne parlait pas de phénomène lumineux. Seuls les gestes et les paroles y étaient mentionnés.

Quand avaient-ils su ? Quand avaient-ils pris conscience qu'aucun retour en arrière ne leur serait désormais possible ? Instinctivement, ils se sont pris la main et ont attendu. Finalement, ils ont osé.

Ils se sont avancés au cœur de la lumière. Ils ont posé la main sur le rocher ardent.

Tenant de l'autre main, la pierre bourdonnante, ils ont donné son nom : « **OSMOS !** »

7

Le temps s'est fracturé instantanément, plongeant dans un noir absolu les lieux environnants. Harald et Mélisande sont devenus sourds, séparés l'un de l'autre dans ce transfert d'un monde à l'autre. La lumière et le son disparus, ils ont eu la sensation de plonger dans l'abîme. Puis tout est revenu à la normale. Le temps s'est refermé sur eux.

Le monolithe a disparu. Mais ils ont retrouvé la pierre plate au sol, à côté d'eux. Ils se sont relevés, se touchant, se parlant pour être sûrs de n'avoir pas rêvé. Il faisait toujours sombre mais le décor avait changé. Les formes incertaines dans cette nuit sans lune, les sons, les vibrations, la présence de l'eau. Ou plutôt son absence. Tous les marais et leurs odeurs pestilentielles, les boues nauséabondes, les herbes folles, les terres gorgées d'eau : tout avait disparu. Le sol était à présent dur et froid, parfaitement lisse, l'espace cloisonné. Mais la température était restée la même.

Ils ont remis la pierre dans son étui de bois puis se sont éloignés. Mais après quelques pas, ils ont convenu d'attendre que le jour se lève. Cette attente leur a permis de reprendre un semblant de contrôle sur les événements, d'essayer de comprendre, d'accepter ce que leur raison ne pouvait concevoir. Et pourtant… Peu à peu, ils ont pris conscience que leurs vies seraient à jamais liées. Avec qui d'autre partager une telle réalité ?

Ils se sont tus longtemps, isolés dans leur sidération respective face à l'inconcevable mais soudés dans le partage de ce qu'ils étaient en train de vivre. Quelques mots seulement, un regard et sentir la pression de l'épaule de l'autre. L'attente de voir enfin où ils se trouvaient. L'attente de l'aube. Y en avait-il seulement une ici ? Et le jour est venu. Lentement.

Tous leurs sens aux aguets ils ont scruté leur environnement qui lentement ressurgissait de l'ombre. Ils ont tendu l'oreille, tentant de reconnaître des sons connus : des voix peut-être, le murmure du vent, de l'eau dans un ruisseau, ou le chant d'un oiseau. Ils se sont redressés, se tenant par la main. Ils se sont retrouvés dans un monde perdu.

*

Mandelieu, Collège Les Mimosas, 7 mai 2018

Les vacances de printemps viennent de se terminer. Maëlys, élève de quatrième à Mandelieu, va reprendre bientôt le chemin de son collège. Ce matin, elle s'est levée tôt, a ouvert ses volets donnant sur le jardin puis est allée prendre sa douche. Sa sœur Élona, élève de CE2 à l'école Jean Rostand de Pégomas traîne encore un moment au lit, dans la chambre juste à côté. Elle l'entend remuer derrière la cloison. Son père, chef de cuisine à la résidence retraite du village, a quitté la maison vers 6 heures pour prendre son service. Sa mère, assistante sociale à l'hôpital, s'active déjà dans la cuisine pour la préparation du petit déjeuner. Il y a trois ans, toute la famille est venue s'installer dans cette maison du chemin des Mîtres, à cinq minutes à peine à pied de celle des grands-parents.

Elle est heureuse de retrouver bientôt ses amies du collège. Elle s'attarde un moment sous l'eau chaude, prenant soin de ne pas mouiller ses cheveux afin de ne pas avoir à les tirer ensuite pour les empêcher de friser.

— Élona ! Lève-toi ! Maman nous attend en bas. Tu vas rater ton car.

Elle vient de passer déjà tout habillée devant la chambre de sa sœur.

— Mmmh...

— Élona !

— Alors les filles ? Il est déjà 7h30. On se dépêche.

— Qu'est-ce que je t'avais dit ?

— Mmmh ... Ouais, j'arrive.

La journée s'annonce ensoleillée. Maëlys a des tas de choses à raconter à ses copines.

— Maëlys ! Laisse ce téléphone tranquille. Tu vas les retrouver dans un peu moins d'une heure. Où est ta sœur ?

— Elle arrive, je crois.

Sa mère se retourne.
— Comment ? Encore en pyjama ? Tant pis ! Tu n'auras pas ton car.
— Mais si ! Je me dépêche.
Élona, d'habitude levée avant tout le monde, a un léger retard en ce jour de reprise. Une voiture passe sur la route devant la maison. Le carillon du clocher tout proche signale sa présence. Il sera bientôt temps d'y aller.

Mais quand une heure plus tard le car scolaire laisse Maëlys, Lola et Manon sur le trottoir devant l'entrée de leur collège, elles comprennent tout de suite que quelque chose d'anormal est en train de se passer.
Les grilles sont bloquées. La CPE, Madame la Principale et quelques professeurs sont là qui expliquent et conseillent aux parents présents de ramener leurs enfants chez eux. L'établissement restera fermé toute la journée. La raison en est simple : des individus non identifiés, encore présents, s'y sont introduits durant la nuit sans que l'on sache comment ni surtout qui ils sont et pourquoi ils sont là. Les alarmes n'ont pas fonctionné.
Pourtant, on les a repérés rodant dans les couloirs. Les opérations de neutralisation sont en cours. Personne n'est autorisé à pénétrer dans les bâtiments.
— Ouah ! C'est chaud quand même.
Certains élèves, malgré les recommandations sont pendus aux grilles tentant d'apercevoir ce qui se passe à l'intérieur. Lola a sorti son portable.

— J'appelle mon père pour savoir s'il peut venir nous chercher.
— Madame ? Bonjour, Madame. Vous savez qui c'est ? Ce sont des terroristes ?

La CPE vient de passer à côté de Maëlys. Elle n'a pas pu résister à lui poser la question. La jeune femme se veut rassurante

— Calme-toi, Maëlys. Non. Enfin, nous n'en savons rien encore mais je ne pense pas. Sur les premières images de vidéosurveillance, vu leurs tailles et leurs tenues, il s'agirait plutôt de deux adolescents : un garçon et une fille. SDF probablement. Mais mieux vaut vérifier. Principe de précaution.

Manon revient après avoir discuté avec d'autres camarades.

— On rentre avec ma mère, Lola et moi. On te ramène aussi ?
— Ok. J'arrive.

Un ralentissement de la circulation encombre l'avenue du Général-Garbay. Quelques agents municipaux tentent de fluidifier le trafic malgré les traversées intempestives des jeunes allant rejoindre des véhicules garés en face.

Ce n'est que le soir, sur la chaîne régionale, que Maëlys apprend, comme tous ceux qui suivent le bulletin d'informations, la disparition des mystérieux visiteurs du Collège Les Mimosas dans un couloir de l'établissement. Le phénomène, inexplicable pose le problème de sa sécurité. Comment ces personnes ont-elles pu s'introduire puis s'échapper d'un lieu aussi confiné qu'un bâtiment scolaire ? Les autorités hésitent, en l'absence de réponse, à en autoriser la réouverture. Le lendemain, cependant, le collège accueille de nouveau toutes les classes. Le rectorat a fait pression. La municipalité a dépêché sur les lieux, depuis la veille, des agents de sécurité et pris l'engagement d'installer de nouvelles caméras de surveillance. Les clôtures ont été inspectées, vérifiées, voire renforcées. Le troisième trimestre de l'année scolaire a repris son cours normal au collège des trois adolescentes.

— Tiens, ils ont installé une nouvelle porte.

Surprise, Maëlys s'est arrêtée dans ce couloir menant à la salle des profs. Elle s'y rend de temps en temps afin d'aller y déposer certains documents, copies, feuilles de présence... dont elle doit s'occuper en tant que déléguée de classe. L'installation doit être récente : un ou deux jours peut-être. De toute façon, elle n'y était pas avant les vacances. Maëlys s'avance, tend la main. Elle est fermée à clé. Où peut-elle bien mener? Curieux : la porte semble vibrer comme si elle était branchée sur un mécanisme électrique. Accès sécurisé peut-être ?

Perplexe, l'adolescente recule et manque de tomber en butant sur une étrange plaque noire, parfaitement rectangulaire, de la taille d'un téléphone portable. Elle se baisse et la ramasse. À ce moment, une sonnerie retentit : reprise des cours dans cinq minutes. Elle se dépêche d'aller déposer ses feuillets et repart en courant dans le couloir.

8

Tout de suite, ils ont su qu'ils étaient revenus. Le monolithe était là, pétri d'obscurité, silencieux, imposant.

— Mélisande ?

— Je suis là.

Harald s'est redressé, s'appuyant à la roche.

— La pierre !

— Rassure-toi. Je l'ai... Où étions-nous Harald ?

— Je... Je ne sais pas. Il faut que je retourne à l'île. Le grimoire. Le grimoire peut nous donner l'explication. Où nous étions ? Je ne sais pas... Une chose est certaine : quel que soit le monde dans lequel nous étions, quelle que soit l'époque et ses transformations, la porte était toujours là. Le rocher avait dû être rasé, détruit, enfin je ne sais pas, mais la porte était là. Au même endroit sans doute, fonctionnant de la même façon... Non, je n'ai pas tout lu. Il faut que j'y retourne.

— Et maintenant ?... Plus rien ne me paraît certain. Combien de temps s'est-il écoulé durant notre... absence ?

— Je ne sais pas, Mélisande. Tes questions sont les miennes. Le lieu, ici, semble ne pas avoir changé... Le mieux que nous ayons à faire serait peut-être de retourner au rivage et d'attendre le jour.

La jeune paysanne s'est éloignée, cherchant à repérer la trace. De fait, rapidement :

— Ici.

Puis se tournant vers son compagnon :

—Je retrouve les marques. Suis-moi.

— Les odeurs et l'humidité aussi n'ont pas changé. J'ai froid. La marche va nous faire du bien.

*

Le jour s'est levé, pâlissant puis rosissant le ciel à l'Est avant de l'éclairer tout à fait. De légers fils de nuages pourpres veinés de gris ont fini par s'estomper dans la lumière bleue. Quand le soleil a franchi les crêtes du côté de Cannes, ils étaient déjà arrivés sur la plage. Le golfe était un lac reflétant en miroir l'image bleue du ciel.

— Je vais rentrer chez moi et ne redescendrai au port que dans cinq jours.

— Je retourne sur l'île. J'ignore où en sont les réparations de la barque de l'abbaye. Mélisande ?

— Harald ?

Ils se sont regardés et puis n'ont plus rien dit. Finalement fermant les yeux, le garçon s'est exprimé à mi-voix.

— Tout a changé. Tout a changé pour moi. Je ne suis plus sûr de rien. Pas même de moi-même.

Il se tourne vers Mélisande.

— Je suis perdu. Mon seul repère, c'est toi. Dans cinq jours, dis-tu ?
— Le jour du grand marché. Ne m'abandonne pas. Je t'attendrai.

Un dernier regard. Ils se sont pris dans les bras puis se sont éloignés, chacun de leur côté. Longtemps, tant que la végétation et la configuration du terrain le leur ont permis, ils se sont retournés pour s'entre-apercevoir et tenter de se persuader une dernière fois que non, ils n'étaient pas seuls pris dans cette aventure.

*

— Où as-tu rangé le grimoire, Harald ?
— Dans la caisse, frère Eustache, comme vous me l'aviez demandé.
— Détruire un manuscrit m'a toujours répugné. Mais celui-ci est un blasphème, Harald et une offense à Dieu. L'acte est intentionnel. Simple plaisanterie ou pas, il peut semer le trouble. Il faudra le détruire. Tu le ressortiras ; je m'en occuperai.
— Inutile, frère Eustache. Je dois brûler des restes de sarments dans les vignes cet après-midi. Je le ferai brûler en même temps.

Le vieux moine hésite.
— Soit. Je viendrai avec toi.

Il sort dans le couloir, s'éloigne. Piégé ! Comment dire ce qu'il a vécu près de la roche à mandragore? Impossible. Impensable. Mais il doit préserver le grimoire.

Sa décision est prise. Dans l'heure qui suit, il substitue les pages dont il n'a pu encore s'occuper par celles d'un incunable jugé sans intérêt particulier. Il y en a beaucoup que l'on ne consulte plus, portant sur d'anciens inventaires mais que l'on garde par respect pour le document écrit et le travail de celui qui en a assuré la rédaction.

En fin de matinée, la pierre et les pages concernées ont rejoint sa cellule. Dans l'après-midi, face aux flammes réduisant en cendres ce qu'il croit être un écrit maléfique, frère Eustache explique :

— L'Église est le corps vivant du Christ. Remettre en cause le dogme revient à en condamner la réalité même. Il y a là objet de croyance et non de connaissance. Le respect de la vérité révélée exprimée par le pape et les derniers conciles est donc fondamental.

Toute hérésie étant une atteinte à cette vérité est une blessure infligée au corps du Christ et donc un sacrilège.

Harald écoute, hoche la tête mais il sait qu'une vie vient de s'achever : la sienne, ici, sur l'île au sein de l'abbaye. Cette réalité l'ébranle. Il s'est toujours construit sur des certitudes émanant de ce lieu. Sa foi n'a plus de raison d'être. Hérésie ! Le mot a été lâché. Il est un hérétique aux yeux de ses anciens condisciples. Anciens déjà ! Il regarde le feu. Les paroles de son maître ne sont plus qu'un bruit confus à la lisière de son champ de perceptions.

Il se tourne vers lui pourtant, sourit pour donner le change puis revient au feu pour le tisonner et en hâter la combustion.

Satisfait, le vieux moine s'éloigne. Pour lui l'affaire est close.

Trois nuits durant, la chandelle va brûler dans la cellule d'Harald. Il étudie, décrypte, déchiffre, fait peu à peu renaître le sens de textes obscurs. Souvent, il s'arrête, se redresse en tournant la tête, écoute. Il ne doit surtout pas se faire surprendre. Le silence est total ne laissant place qu'aux bruits ténus de frottements, de froissements de feuilles, de plume grattant le parchemin, confinés dans cet espace reclus cerné par les ténèbres. Mais son travail avance.

Quand l'aube vient blanchir la campagne et les vignes sur l'île face au large, la chandelle s'éteint. Harald est aux matines, épuisé mais présent, comme s'il venait de se réveiller. Un nouveau jour se lève et va se réciter au rythme des prières : laudes, tierce, sexte, none, vêpres et complies. Et la nuit qui revient. La chandelle brûlera de nouveau, solitaire, jusqu'à l'aube suivante, à la tête du lit du jeune moinillon.

Ce matin, les laudes achevées, Harald se hâte vers l'appontement face à la grande île. Il est épuisé mais aujourd'hui est jour de grand marché. Il va effectuer la traversée afin d'aller à Cannes effecteur les achats habituels pour la communauté et revoir Mélisande.

Avant même d'atteindre le rivage, la rumeur des vagues venant frapper les roches, le souffle légèrement sifflant des branches des arbres aux silhouettes ramassées, inclinées sous les assauts de bourrasques fréquentes le renseignent sur l'état de la mer. Le vent s'est levé, un vent d'Est plutôt frais, faisant naître déjà des moutons dans la passe. L'aller se fera au portant. Le retour sera plus difficile. Mais le soleil est là. Il déferle la voile puis largue les amarres. Quelques coups d'aviron pour se déhaler et s'éloigner du bord et la voile hissée, la coque s'alourdit sur bâbord et prend de la vitesse. Son esprit est déjà de l'autre côté de la baie.

*

De son côté, la jeune vendeuse de plantes, d'habitude enjouée, interpellant les passants se tait, perdue dans ses pensées. Assise depuis l'aube, à même le sol, comme à son habitude, elle attend l'arrivée de la barque de l'île, la guette, finit enfin par l'apercevoir débordant l'extrémité du petit brise-lame. Harald a tenu parole. Elle a besoin de parler à nouveau avec lui de ce qu'il leur est arrivé.

— Attends-moi, je reviens.

Harald effectue tout d'abord les achats dont l'intendant l'a chargé : des matériaux pour de petites réparations, du sel. Il vient récupérer une voile réparée pour sa barque et régler la dépense de la réparation de la semaine passée.

Elle le suit des yeux, ne répond que par bribes à ceux qui s'arrêtent face à son étal. Harald s'éloigne puis revient, charge peu à peu son embarcation de tout ce qu'il doit ramener, revient finalement, porteur d'un paquet enveloppé dans une toile beige, morceau de voile usée. Il s'approche, s'assoit la mine sombre et relève les

yeux. Ils se dévisagent, décelant tout de suite chez l'autre les signes d'une connivence qui les rassure.
— Comment vas-tu ?
— Je t'attendais.
À ce moment, chacun d'eux quitte son désarroi pour s'occuper du ressenti de l'autre. Harald a tout de suite perçu le changement de comportement chez la jeune vendeuse : retirée en elle-même, en attente de quelque chose, inquiète. Inquiète, c'est cela, un peu perdue aussi.
Elle a de son côté noté un regard nouveau, plus dur, plus sombre et plus déterminé chez le jeune homme de l'île.
— On m'a demandé de brûler le grimoire.
— Et tu l'as fait ?
— J'ai pu sauver les pages dont nous avions besoin. Elles sont là, avec la pierre dans sa boîte. Mais je ne peux pas les garder plus longtemps avec moi. Je te les ai amenés. J'ai fini cependant par décrypter les derniers textes. Mélisande, nous sommes des passeurs !
— Quoi ? Je ne comprends pas. Explique-moi.
Harald se tait, se masse le visage des deux mains puis les regarde, mutique, comme si, les fixant, il pourrait y trouver les réponses à ces questions. Les épaules s'affaissent, Il soupire mais son regard est verrouillé. Il relève la tête.
— Je vais quitter Lérins. Je ne serai pas moine.
— ...
— Lorsque je reviendrai, la semaine prochaine, j'aurai dit au-revoir à frère Eustache et la commu-

nauté. Je ne peux plus rester là-bas. Je ne vois plus... Enfin, je vais quitter Lérins.
— Et où vas-tu aller ?
— La grotte de Saint-Honorat, derrière les collines. Je vais y séjourner pour un retour sur tout ce que nous avons vécu. Tu comprends, je ne vois plus l'enseignement des Saintes Écritures. Je dois te dire maintenant ce que j'ai appris ces derniers jours. Il y a les ruines d'Arluc. On peut s'y retrouver. Il me faudra du temps.
— Quand ?
— La semaine prochaine. Je reviendrai accompagné, le jour du grand marché. Je ne repartirai pas.

*

An 1523. Le temps déroule son écharpe de mois et de saisons entre Lérins et Tanneron. L'été est là. La question religieuse interpelle les consciences

Déjà, le 15 avril, Martin Bucer, un dominicain excommunié, s'est réfugié à Strasbourg et travaille à la Réforme.

Le 8 juin, le savant et humaniste français Jacques Lefèvre d'Étaples a publié sa traduction des Évangiles en français.

Le 8 août, un moine augustin, Jean Vallière, est brûlé vif devant la porte Saint-Honoré à Paris.

En basse vallée de Siagne, un jeune apprenti moine et une vendeuse de plantes médicinales viennent de s'engager sur les chemins vertigineux de l'excommunication.

9

La lune s'est levée sur les ruines d'Arluc. Une lune pleine, sauvage, glisse imperceptiblement derrière les nuages, baignant le paysage d'une eau d'ombre moirée de gris-noir argenté. Des morceaux de murailles se dressent silencieux face au ciel nocturne, silhouettes debout, de charbon, décharnées, en squelettes de pierre, en haut de cette butte. Pans de murs éventrés aux fenêtres aveugles, angles de murs têtus refusant la débâcle, voûtes seules, isolées, soutenant à présent le vide au cœur de la nuit. De grands arbres figés se dressent tout autour qui semblent monter la garde.

Cette nuit, Arluc est le décor à l'abandon d'un vieux théâtre antique inquiétant et secret que l'on évite, enfermé dans l'isolement d'un passé révolu. On contourne ses flancs, on ne les gravit plus.

Deux silhouettes furtives se sont rejointes au cœur de ces ruines et sont allées s'asseoir dans l'abri d'une cave. La nuit détourne les visages et tamise les voix. Elle écoute les mots et les rend plus fragiles.

Les paroles chuchotent, les gestes se font rares. Serrés l'un contre l'autre, Harald cherche à se faire comprendre.

— Les vibrations de mondes parallèles ont des interférences. Des nœuds de convergences. Le manuscrit les appelle « les portes ». Ces lieux ouvrent, entre eux, des passages.

Mais il faut autre chose encore. Seuls ceux qui perçoivent ces vibrations ont accès à ces portes. Ceux-là, le manuscrit les appelle « les passeurs ». Tu comprends maintenant ? La roche à mandragore est l'une de ces portes. Et tu sais aujourd'hui que personne, à part toi et moi, ne peut les ressentir. Nous, qui les percevons, sommes des « passeurs ».

— Pourquoi nous ?

— Pourquoi ? Je ne sais pas.

Mélisande se lève.

— Je n'ai rien demandé.

— Tu as voulu savoir. *« La connaissance est œuvre de l'esprit, élévation vers le divin »*, disait frère Eustache. Moi aussi, j'ai voulu savoir.

Il se lève à son tour pour aller la rejoindre, se saisit de son bras pour chercher à convaincre.

— Le manuscrit parle de transmission. Peut-être est-ce cela ?...

Puis, se détournant :

— Il y a autre chose encore.

Harald s'éloigne maintenant, va s'adosser à un pilier tronqué. Son visage est dans l'ombre. La

voix étouffée semble alors sortir des pierres, flottant dans le silence.
— Les « voyages ».

Mélisande s'est rapprochée, chuchotant elle aussi.
— Les « voyages » ? Dis-moi.
— Passer une porte, c'est cela le voyage. On part... et l'on revient toujours dans le monde premier, au même endroit, très peu de temps plus tard. Quel que soit le temps que nous passons dans l'autre. Car il est impossible de chercher à rester dans le monde second. Au bout du compte, le vieillissement y serait redoutable.

Un glissement furtif les fait se retourner. Une chouette effraie, quittant son coin de mur, vient de prendre son envol. Elle traverse sans bruit la nuit pour disparaître rapidement sous les frondaisons. Tout retourne au silence.
— Nous sommes seuls, Harald.
— Je sais. Enfin, nous sommes deux. Deux à savoir ce qui pourrait bientôt nous conduire au bûcher. Car comment expliquer un mystère à ceux qui n'en auront jamais les clés ?
— Que vas-tu faire à présent ? Moi je vais retourner vendre mes plantes. Et toi ?
— J'ai obtenu de l'abbaye de me retirer quelques temps dans la solitude. Je suis censé me recueillir, méditer, prier Dieu. La grotte est là pour ceux qui ont besoin de s'isoler afin de renouer un lien fragilisé. Mais pour moi, c'est fini. Où as-tu caché les manuscrits et la pierre ?
— Je les ai apportés avec moi. Tu pourrais les cacher dans la grotte ?

— C'est ce que je vais faire.
— Harald.
— Oui ?
— Ne m'abandonne pas.

La voix de Mélisande s'est altérée soudain.

Harald vient lui prendre la main, la fixe au fond des yeux.

— Nous sommes deux. Liés par un secret dont dépendent nos vies.

La chouette effraie hulule à cet instant, semblant acter ce qui vient d'être dit. Tous deux lèvent la tête, cherchant à repérer l'oiseau dans la nuit des sous-bois. Puis ils se détournent, amorçant le retour vers un monde où leur place est désormais fragile.

*

Ce matin, Maëlys se dépêche. Elle a oublié de faire son sac la veille au soir. Le nez sur son emploi du temps, scotché près du bureau, elle en vérifie le contenu : maths ok, anglais, « bof », SVT, histoire-géo et EPS. Vite, le car n'attend pas. Dernière vérification avant de le refermer.

Plongeant la main au fond du sac, elle en remonte un objet qu'elle reconnaît aussitôt : la petite plaque de pierre noire ramassée dans le couloir des profs au collège. Inutile. Elle la dépose sur son étagère à « curiosités ». Comme presse-papiers peut-être ?

Tiens ! Quelque chose est gravé au milieu. Elle ne l'avait pas remarqué la première fois. Pourtant elle ne sent rien en passant le doigt dessus. Non, ce n'est qu'en lumière rasante qu'elle arrive à déchiffrer l'inscription. Elle plisse les yeux, faisant en sorte que la plaque reflète l'éclairage de sa chambre. La trace est à peine visible. ORM... non, OSM.., OSMOS. OSMOS, c'est cela. Oui, bon. Elle verra ça plus tard. Elle empoigne son sac et sort de sa chambre en courant pour retrouver dans le couloir une odeur de lait chaud venant de la cuisine. La chambre d'Élona est vide. Sa sœur doit être déjà en bas. Un rapide coup d'œil par le petit fenestron en haut de l'escalier : il va faire beau et chaud. Elle se dépêche de descendre.

Vingt minutes plus tard, après avoir embrassé sa sœur et sa mère, elle franchit le portail et descend le chemin Louis Funel, en direction de la place du Logis. Puis, bifurquant sur la droite, elle rejoint le parking de la mairie qu'elle traverse pour rejoindre l'arrêt des cars.

— Bonjour les filles.

Les copines s'embrassent et reprennent instantanément la discussion interrompue la veille, prolongée le soir sur leurs portables. Puis suivent les questions d'actualité.

— Vous avez déjà commencé les exos de maths ?

— Oui.

— Moi j'ai fini la lecture pour la prof de français.

— Et alors ?

— Ouais, ouais. Les questions sont « coton ».

— Vous avez vu Adrien ? Sa coupe de cheveux.

Maëlys et Lola pouffent de rire. Manon n'est pas d'accord.

— Moi, je la trouve classe.

Le car arrive. Il est huit heures. Une nouvelle journée de cours commence. L'été sera bientôt là. Les vacances...

*

Maëlys s'arrête, interloquée. Où est passée la porte ? Elle vient de s'engager, comme d'habitude, dans le couloir de la salle des profs pour aller chercher un paquet de copies de devoirs sur table à rendre à ses camarades

Où est passée la porte ? Elle s'approche du mur, en touche la surface. Aurait-elle rêvé ? Vite, en parler aux copines. Et puis, elle se ravise. On ne va pas la croire. On risque même de rire de son... comment dire... de son hallucination ! Elle croit même entendre déjà les moqueries. Non. En parler aux profs ? Même pas en rêve, d'autant plus qu'elle ne se souvient même pas en avoir parlé à quelqu'un. Alors. Elle retouche à nouveau la surface du mur. Non, rien.

— Je suis grave quand-même.

Mais un doute persiste même si elle ne parvient pas à l'expliquer. Une fois redescendue dans la cour, cinq minutes plus tard, elle fixe à l'étage le pan de mur du couloir de la salle des profs donnant sur l'extérieur... sur le vide. Impensable d'avoir eu l'idée d'installer une porte à cet endroit. Pour quoi faire ? L'ouvrir et sauter dans le vide? Elle se prend à rire de son absurdité. Non, elle ne dira rien... Mais quand même !

Le lendemain, c'est mercredi. Aymée, son grand-père, ancien directeur d'école à la retraite, lui a proposé son aide pour les devoirs, en cas de besoin. Ses grands-parents habitent à cinq minutes à pied, boulevard de la Mourachonne. Elle n'a qu'à descendre la rue des Perissols, franchir le petit pont près de l'hôtel des Bosquets...

— Bonjour Papou.

— Bonjour ma puce. Alors qu'est-ce qui t'amène aujourd'hui ?

— Le français ; notre dernière lecture. Le Cid de Corneille. J'ai du mal.

— Viens. Tu vas me montrer ça. En attendant, va faire une bise à Mamou. On se retrouve au salon.

Trois quarts d'heure plus tard, livres et cahiers sont refermés.

— C'est tout ? Tu n'as besoin de rien d'autre ?

— Non. Tout est bon.... Papou ?

— Oui ?

— ...

— Et bien vas-y. Pourquoi hésites-tu ?

— Tu ne vas pas te moquer de moi ?

Le Papou décale un peu sa chaise, pour faire face à sa petite fille et prend un air concentré.

— Je t'écoute.

— Bon, voilà. Ça t'arrive d'imaginer ou même de voir des choses qui n'existent pas ?

Son grand-père sourit.

— Mais, tout le temps.

— Ah bon ?

— Et c'est même une merveilleuse façon de traverser la vie pour peu que l'on sache ce qu'il en est vraiment.

— Ben... justement. Je ne sais pas.

Le grand-père se redresse, la mine sérieuse, se cale contre le dossier de la chaise en croisant les bras.

— Je sens que ça va devenir intéressant. Je t'écoute.

— Tu ne te moqueras pas, hein ?

— Ai-je l'air de me moquer ?

— ...Bon. Alors voilà. La semaine dernière, en allant en salle des profs, j'ai découvert une nouvelle porte que je ne connaissais pas. Je l'ai vue, je te jure. Je l'ai même touchée. Et puis, hier... comment dire... plus rien.

— Comment ça, plus rien ? Tu veux dire plus de porte ?

— C'est ça. Plus de porte.

La mine sérieuse du grand-père devient perplexe.

— C'était une vraie porte ?

— En bois, avec une poignée métallique. Une vraie quoi, mais elle était fermée à clé. Sans doute avec un mécanisme électrique parce que lorsque je l'ai touchée, elle vibrait légèrement.

— Et selon toi que pouvait-il y avoir derrière ?

— Rien.

— Comment rien ?

— Rien : le vide. De l'autre côté, c'est la cour de récréation, un niveau plus bas.

— Tu ne me fais pas une blague ?

— Je savais que tu ne me croirais pas.

— Non, ce n'est pas ça mais... Tu en as parlé à tes copines ?

— Tu es fou ! À personne. On me prendrait pour une folle.

— Sage décision Maë. Voyons, à part qu'elle était en bois avec une poignée métallique et qu'elle était fermée et qu'elle vibrait légèrement, avait-elle une autre particularité ?
— Ben... non. Ah ! Si. J'ai ramassé juste à côté, une curieuse pierre plate noire parfaitement rectangulaire ; un peu comme un gros I-phone.
Le grand-père a un petit rire.
— Je vois tes références : question d'époque. Bien. Cette pierre que tu as ramassée, où est-elle ?
— Chez moi, dans ma chambre.
— Alors, il n'y a qu'une chose à faire : aller la chercher et revenir me la montrer. Ça m'aiderait à te répondre.
— Alors tu me crois Papou ?
Ce dernier lui caresse affectueusement les cheveux et lui fait un clin d'œil.
— Mais je ne fais que ça. File me la chercher. Je t'attends et... motus! On n'en parle à personne pour l'instant.

Un quart d'heure plus tard, la pierre est devant eux, sur la table.
— Tiens ! Qu'est-ce que c'est ?
— C'est rien Mamou. Juste une curieuse pierre que je viens de trouver. Je la montre à Papou.
Sa grand-mère s'approche pour observer la petite plaque noire.
— Curieux comme caillou. Tu sais ce que ça peut bien être, toi ?
Son mari se retourne.
— Pas du tout. Mais « Maë » et moi allons mener l'enquête.

Une fois seuls, le grand-père se saisit de la pierre, la soulève, l'ausculte. Il en éprouve également la dureté.

— Et tu dis qu'elle était par terre ? Juste à côté de la porte ?

— J'ai même failli marcher dessus. Et puis, regarde : il y a autre chose.

Maëlys reprend la pierre et la scrute, à présent, en lumière rasante.

— Tu vois, là ? Il y a un mot écrit dessus.

Le grand-père se penche, plisse les yeux derrière ses lunettes.

— Pour moi, je ne vois rien.

— Mais si, regarde mieux.

—... Non, vraiment. Et que vois-tu écrit ?

— O S M O et S. Osmos.

Cette fois-ci, il ferme légèrement les yeux, il en palpe la surface et cherche à percevoir l'inscription.

— Non. Décidément. Mais puisque tu le dis.

— Alors ?

— Écoute. Je ne sais pas quoi te dire. Nous allons réfléchir. Tiens, on retourne chez toi. Cela nous donnera peut-être le temps, en marchant, de trouver une explication. N'oublie pas tes affaires et reprends la pierre avec toi. Allez, on y va.

L'homme et la jeune fille s'éloignent côte à côte, longeant la haie bordant le chemin d'accès au boulevard, chacun réfléchissant à la question. Mais bientôt, le grand-père s'arrête.

— Bon. Il y a deux façons de voir la chose. Ou ta porte existe et elle a été masquée sans que tu t'en rendes compte. Pourtant, vu la localisation, j'ai du mal à l'admettre. Ou elle n'existe pas... Et il se met à sourire. Ou elle n'existe pas et là, tu m'entends Maë, on entre dans le fantastique, le monde des choses que l'on voit et qui n'existent pas. Là, on entre dans le surnaturel et je sens que ça va me plaire.

Il reprend son pas pour s'arrêter encore un peu plus loin.

— Attends un peu. Quand cela s'est-il passé déjà ?

— Hier, à la pause de dix heures.

— Alors écoute. Tu vas tout refaire comme la première fois. La semaine prochaine, mardi prochain plus exactement, tu te rendras au même endroit dans le couloir et tu déposeras la pierre à l'endroit où tu l'as trouvée. Et puis on verra bien. Qu'en penses-tu ?

— Ok. Mais je suis sûre.

Ils viennent de franchir le pont enjambant la Mourachonne. Ils s'arrêtent un instant, appuyés à la barrière métallique et regardent l'eau couler sur les dalles de pierre.

— Il est curieux quand même que personne d'autre que toi n'aie vu cette porte. La prochaine fois, vas-y avec tes copines. Comme ça tu ne seras plus la seule à la voir... si elle réapparaît.

— Tu vois, tu ne...

— Ah, je n'ai pas dit ça. Mais il faut tout imaginer. Alors, on fait comme on a dit ?

La jeune fille regarde une nouvelle fois sa pierre. Puis, se tournant vers son grand-père.

— D'accord.

— Ne la perds pas. Range-la dans ta poche.

Une poule d'eau prend son vol laborieusement avant de disparaître dans les roseaux voisins.

Ils s'éloignent à présent vers le quartier des Mîtres.

10

Le cours d'anglais vient de se terminer. Jamais cours ne lui a paru si long. Il fait beau. L'été n'est plus très loin. Maëlys récapitule : mardi+10h+le couloir+la pierre. Tout est là.

La sonnerie vient de retentir. Les manuels se ferment. Les élèves se lèvent dans un bruit de chaises tirées et d'appels à travers la classe. Le flot s'écoule vers la sortie. Lola est malade aujourd'hui, absente donc. Maëlys se rapproche de Manon.

— Tu m'accompagnes en salle des profs ?

Les deux jeunes filles, sac à l'épaule, s'éloignent en direction du premier étage. Manon a sorti de son sac deux barres de céréales pour en proposer une à Maëlys. En haut de l'escalier, le couloir démarre à gauche. Elles s'y engagent ensemble. Maëlys lève les yeux. La porte est là. Elle s'arrête face à elle. La pierre, dans sa poche, s'est mise à vibrer doucement. Elle plaque la main dessus à travers le tissu.

— Maëlys ! Qu'est-ce que tu fais ? On y va ou quoi ?

Interdite, la jeune fille se tourne vers son amie puis revient face à la porte.

— Quoi ? Qu'est-ce qu'il a ce mur ?

Madame Roedelle, professeur de musique, s'avance à ce moment dans le couloir en direction de l'escalier.

— Eh bien, les filles ! Que faites-vous ici à contempler ce mur ?

— C'est Maëlys. Alors tu viens ?

Cette dernière comprend qu'il lui faut donner le change.

— Je me demandais seulement... ce qu'il y a, à ce niveau derrière ce mur.

— Mais... le vide et la cour en bas. Allez : dépêchez-vous. Les cours vont reprendre.

Les deux amies repartent en courant vers le fond du couloir.

— Mais qu'est-ce que tu faisais là ?

— Laisse tomber. Juste une question que je me posais, comme ça.

Sur le trajet retour, elles croisent plusieurs autres enseignants. La porte est toujours là. Personne ne semble y prêter attention... ou ne semble la voir ? Et la pierre qui s'est mise à vibrer !

Après le repas de midi, Maëlys s'isole. Elle a besoin de faire le point. Abandonnant son cartable dans un coin de la cour, la pierre rangée dans l'une des poches latérales, elle remonte à l'étage. La porte n'est plus là. Tout se met à tourner. Elle doit s'appuyer à la rampe d'escalier.

— Je deviens folle.

Elle redescend alors et va chercher la pierre. Elle est tiède à présent et vibre toujours légèrement. Elle doit en avoir le cœur net. Mais au milieu de l'escalier, elle s'arrête. La pierre s'est mise à bourdonner et une étrange lueur bleue semble maintenant émaner du couloir, là-haut.

— Maëlys ! Tu n'as rien à faire ici. Retourne dans la cour.

La CPE est apparue sur la première marche, en venant du couloir. Rien de son côté ne paraît l'intriguer. Sans un mot, la jeune fille fait demi-tour.

— Ce n'est pas possible ! Je n'y comprends rien.

Quelques instants plus tard, la pierre est de nouveau dans la poche de son sac. Elle ne bourdonne plus. Vite, vite, que les cours reprennent pour ne plus penser à ça. Demain, elle ira voir son grand-père.

*

— Une chose est certaine, Maëlys. La pierre et la porte sont liées. Ce qui est étrange… et vaguement inquiétant quand-même est que tu sois la seule à la voir. Écoute, voilà ce qu'on va faire. J'ai très envie de t'accompagner dans ce couloir pour me rendre compte par moi-même.

— Mais maintenant j'ai peur. Si je m'approche du couloir avec la pierre, elle va se mettre à bourdonner et le couloir à s'éclairer.

— Et si c'est moi qui prenais la pierre ? Si on y réfléchit, tu sembles aussi avoir un lien particulier avec tout ça. La porte, la pierre et toi : vous semblez ne faire qu'un.

— Pourquoi moi ?
— Pourquoi ? Je ne sais pas.
Maëlys se lève.
— Je n'ai rien demandé.
— Tu as voulu savoir. *« La connaissance est œuvre de l'esprit, élévation vers le divin »,* dit-on. Moi aussi j'aimerais bien savoir. En as-tu parlé à quelqu'un d'autre ? Tes parents ? Des copines ?
— Non.
— Alors que fait-on ?
— Tu viens avec moi dans ce couloir.
— D'accord. Il ne nous reste plus qu'à trouver le bon prétexte.

Le vendredi suivant, le grand-père de Maëlys se présente au portail. L'administration vient de l'appeler. Sa petite fille est souffrante. Les parents sont au travail, sa grand-mère occupée à l'extérieur. Il ne restait que lui… qui n'attendait que ça. Tout a été prévu. Quelqu'un vient lui ouvrir.
— Bonjour. Maëlys est à l'infirmerie: maux de ventre mais rien de grave, nous semble-t-il. Mieux vaut tout de même voir ça de votre côté. Suivez-moi.
Dix minutes plus tard, ils sont dans les couloirs déserts en direction de la salle des profs.
— Passe-moi la pierre. Elle vibre toujours ?
— Toujours.
— Bizarre : je ne sens rien.
— Suis-moi. C'est par là.
Dès le bas de l'escalier, Maëlys ralentit, prend la main de son grand-père. Ils gravissent en

silence, atteignent le palier, jettent un regard vers le fond du couloir.
— La porte : tu la vois maintenant ?

Interdit, le grand-père met du temps à répondre.
— Parce que la porte est là ?
— Mais enfin, Papou!

La jeune fille a posé la main sur la poignée.
— Viens la toucher. Tu vas voir : elle tiède et elle vibre comme la pierre.
— La pierre pour moi ne vibre pas.

Il s'avance quand même, lève la main, la passe sur la surface lisse du mur, se recule, muet. Puis :
— La porte est là, dis-tu ? Je te crois, mais toi seule peux la voir. On rentre à la maison. Il faut faire le point. En attendant, tu es priée d'avoir l'air un peu malade. C'est la raison pour laquelle je suis là, je te le rappelle.

Une fois le portail franchi, ils se dirigent vers la voiture garée dans la contre allée, face au rond-point. Le retour est silencieux. Et ce n'est que lorsqu'ils se retrouvent au domicile de Maëlys assis côte à côte dans le salon que son grand-père reprend la parole. Se laissant aller en arrière et se massant les mains, il se tourne vers sa petite fille.
— Je vais te dire ce que nous allons faire et ce n'est pas négociable. J'aurais aimé aller plus loin dans cette histoire si j'avais pu t'accompagner. Mais ce n'est pas le cas. Tu es seule, ma puce, dans ce qui est en train de t'arriver. Seule, devant une bizarrerie, une étrangeté très intrigante mais en même temps plutôt inquiétante. On ne sait

rien de ce phénomène qui ne semble concerner que toi.

Il se remet en avant les coudes sur les genoux, cherchant à capter le regard de la jeune fille.

— Alors on va s'arrêter là. Porte et pierre sont liées ? Je vais garder la pierre et je vais la détruire. Plus de pierre, plus de porte. Moi je garde tout ça pour en faire une histoire.

Maëlys ne dit rien. Elle est soulagée et en même temps un peu déçue. Mais son Papou a raison. Elle ne se sent pas de continuer sans lui.

— On fait comme ça lui répond-elle en lui tendant la pierre. Mais reconnais qu'il y avait de quoi se poser des questions.

Ce disant, elle prend conscience qu'elle aura bien du mal à se satisfaire de cette décision. En parlera-t-elle un jour à quelqu'un d'autre ? Elle se lève en soupirant son portable à la main.

— Je monte dans ma chambre. Tu restes ?

— Non. Je rentre. Tu sais où me joindre si besoin. Et puis tache de lâcher un peu cet engin. Ce n'est pas bon d'en faire trop souvent.

— Je sais. Je sais.

*

La semaine suivante connaît trois événements inexplicables :

1- Le grand-père de Maëlys ne peut réussir à détruire la pierre. Rien n'y fait, pas même des coups de masse assénés violemment et qui ne peuvent laisser la moindre trace à sa surface. Il finit par la jeter en pleine mer, à l'occasion d'une sortie sur le voilier d'un ami.

2- La porte réapparaît à la jeune fille, quelques jours plus tard, à la même place, avec une nouvelle pierre.

3- Maëlys décide cette fois-ci de n'en parler à personne.

*

Chaque nuit, la collégienne a du mal à s'endormir, cherchant à comprendre ou à envisager une conduite à suivre. Chaque matin, elle se retrouve seule, face à un mystère qui ne concerne qu'elle. Chaque soir, elle ne peut que constater son extrême solitude. La porte, la pierre, le mot, les vibrations. Les vibrations surtout, qui s'intensifient chaque fois qu'elle cherche à se rapprocher de la porte, la pierre en main. Et la lueur, bleutée vaguement pulsatile. À chaque fois, elle seule paraît constater la réalité de ces étranges phénomènes. Et toujours cette même question : pourquoi elle ?

Il aura suffi d'un retard, un mercredi après-midi, d'un car raté qui devait, avec ses camarades, la conduire à la base nautique de Mandelieu pour sa séance de voile hebdomadaire, pour qu'elle se retrouve seule dans le collège, la pierre dans son sac de sport. Elle aurait pu rappeler son père pour qu'il vienne la chercher. Elle ne l'a pas fait. Tout est parti de là.

11

La voilà à présent, en bas de l'escalier. Elle a sorti la pierre et la tient à la main. Les rares bruits qu'elle perçoit sont éloignés, renforçant son impression d'être seule, isolée dans une bulle de silence. Tout près d'elle, le frottement de sa main sur la rampe l'escalier ou de son sac à dos flottant contre son épaule. Dehors, le ciel est clair, inondé de soleil. Elle pense, un moment à ses camarades qui devraient pouvoir jouir de conditions idéales de navigation cet après-midi. Mais son esprit revient à ce qu'elle se prépare à faire. Étouffant ses pas, elle monte lentement, s'immobilisant presque sur chaque marche.

La pierre vibre plus fort et se met à bourdonner alors qu'elle est à mi-hauteur. Tout l'espace se teinte, peu à peu, d'un bleu pâle flottant contre les murs. Mais aujourd'hui, elle ne s'arrête pas. La voilà tout en haut. La porte irradie une fluorescence douce, mouvante, comme une eau caressée par une brise légère. Mais la pierre en main, tout s'amplifie. Elle s'approche encore et comprend, maintenant, qu'elle ira jusqu'au bout. Et c'est au ralenti qu'elle se meut, à présent. La main droite se pose sur la poignée de la porte dont le contact lui rappelle celui de la pierre, qu'elle tient dans l'autre main. Elle est comme une liaison entre les deux. Mais toujours rien ne se passe.

Son regard va de la porte à la pierre, qu'elle retourne dans sa paume. N'y aurait-il rien d'autre à découvrir ? Et puis ce mot : lequel déjà ?

Maëlys le murmure : OSMOS.

Le temps se fracture instantanément, plongeant dans un noir absolu les lieux environnants. Maëlys est devenue sourde, plongée dans le néant. La lumière et le son disparus, elle a eu la sensation de plonger dans l'abîme. Puis tout revient à la normale. Le temps se referme sur elle.

Quelques passants du bord de mer diront, plus tard, qu'ils ont eu l'impression, une fraction de seconde en ce début d'après-midi, que la baie a semblé irradier une lueur bleue venue des profondeurs.

12

Tout de suite, avant même d'ouvrir les yeux, elle perçoit la chaleur lourde, poisseuse et infestée d'insectes d'un été qu'elle ne reconnaît pas. Quand elle finit par discerner ce qui l'entoure, elle ne comprend plus rien.

Et tout de suite des cris, des pas précipités. Elle se redresse, effrayée, s'adossant à la roche qu'elle sent derrière elle. Des silhouettes furtives s'enfuient et disparaissent au fond d'un paysage désolé, noyé dans des vasières. L'air malsain empeste. Tout est bloqué en elle. Où est-elle ?

Elle perçoit soudain, comme une apparition, une forme qui s'approche. Elle se plaque en arrière dans un réflexe de défense.

— N'aie pas peur ! N'aie pas peur !

On se rapproche encore. Maëlys, tétanisée, se dérobe, faisant pivoter son sac à dos devant elle en guise de protection.

— N'aie pas peur. Je m'appelle Mélisande.

La voix est douce, rassurante.

— Je sais ce qui t'arrive. Je peux tout t'expliquer.

La forme s'est arrêtée à quelques pas d'elle. Elle semble attendre, patiente, une réaction de la jeune fille. Chacune d'elles observe et dévisage l'autre. De l'étonnement, de la curiosité pour l'une, de la peur brute pour la plus jeune.
— N'aie pas peur....
— Je... Qui?...
— Je suis Mélisande : une amie.
— Je... Je veux rentrer... chez moi.
— Tu vas rentrer mais...
Mélisande s'est retournée scrutant les fourrés environnants.
— Viens. Reprends ta pierre. On ne peut pas rester ici.
Maëlys se baisse et ramasse mais secoue la tête.
— Je veux rentrer chez moi.
Mélisande, inquiète à présent, se fait pressante.
— Viens !
Elle se détourne et s'éloigne de quelques pas puis s'arrête et se retourne. Maëlys hésite encore mais... surtout, ne pas rester seule. Elle finit par se décider.
— Suis-moi. Dépêchons-nous.
Évitant les espaces découverts, elles se mettent en route, se fondent parmi les touffes d'ajoncs et de plantes palustres. Tout retourne à la solitude et au silence.

*

Ne pas réfléchir... ou plus tard. Pour l'instant Maëlys marche pour ne pas penser à ce qui vient de lui arriver. Elle suit celle qui se dit être une amie. Oui, plus tard, c'est ça. Mais bientôt, les sentiers de la plaine laissent place à des ravines le long des flancs de la colline. La jeune femme, devant elle, est obligée de ralentir, de s'arrêter souvent pour lui permettre de la rejoindre. Elle est pieds nus mais ne semble avoir aucune difficulté à marcher dans ces éboulis. Maëlys est en nage.

Finalement, elle finit par s'appuyer au tronc d'un vieux cade et s'assoie, épuisée. Son visage ruisselle, ses jambes tremblent de fatigue. Son guide redescend pour la rejoindre.

— Donne-moi ton sac. Je vais le porter.

— Non.

L'autre n'insiste pas. Elle s'assoie aussi à une courte distance, afin de ne pas effrayer l'adolescente. Elle fait du regard le tour de l'endroit où elles se trouvent puis revient face à elle.

— Je m'appelle Mélisande. Et toi ?

— ... Maëlys.

— Quel curieux nom !

— ...

— Écoute. Tu es arrivée ici par le rocher.

— ...

— Je sais. Personne ne pourrait croire une chose pareille mais toi, tu dois m'entendre.

Mélisande se tait un moment, rassemblant ses pensées.

— Demain, je te conduirai à quelqu'un qui pourra t'expliquer mieux que moi. Mais pour l'instant, sache que je dispose de la même pierre que toi.

Maëlys a relevé la tête.

— Je peux même te dire le mot écrit dessus.

Cette fois-ci, elle s'est redressée, les traits tendus, attendant la suite.

— OSMOS.

— Mais... Comment ?

— Moi aussi, je suis partie et revenue par le rocher, avec la même pierre.

Maëlys plonge la main dans sa poche et en ressort la petite plaque noire.

— Elle vibre ?

— Oui

— Je peux la toucher?

— Oui... Euh, non. Je la garde.

Elle la remet vivement dans sa poche dans un geste de défiance. Mélisande lui sourit touchée par l'état de désarroi évident qu'elle constate chez la jeune fille.

— Demain. Demain tu sauras tout. Mais pour l'instant, tu dois me suivre. Il faut se mettre en sécurité. Les gens d'ici ne peuvent pas comprendre.

Elles se sont relevées et ont repris leur ascension pour se perdre dans les hauteurs de Tanneron.

*

— La pe-ti-te re-vient mais e-lle n'est pas seu-le.

La voix chevrotante de la vieille mamet est venue briser le silence en ce milieu d'après-midi. Assise sur un billot de bois, sa fille, une grande femme encore robuste et le dos droit a relevé la tête, cherchant à deviner l'approche derrière l'écran de végétation. Maëlys et Mélisande apparaissent quelques instants plus tard, l'une derrière l'autre. Elles arrivent face à une masure faite de bat-flancs en moellons grossièrement jointoyés avec un torchis de terre grasse. Le bâtiment n'a qu'une seule ouverture avec la porte d'entrée. Les murs sont constitués d'un mélange à base de terre, crépi sur un clayonnage en bois renforcé à intervalles réguliers par de grosses pièces de bois. Le toit de chaume descend bas, débordant des façades.

Le lieu, situé en haut d'un petit vallon tournant le dos au levant est isolé au cœur du massif dominant à l'ouest l'arrière-pays cannois. Peu de gens s'aventurent ici ; l'endroit est connu comme le domaine réservé des rebouteuses et soigneuses de plantes. Les deux femmes sont assises devant l'entrée.

La plus âgée ressemble à un vieux sac posé sur une chaise. Âgée, ridée, voûtée, elle est continuellement agitée de tremblements. Le visage parcheminé semble posé sur un corps ratatiné et d'une extrême fragilité. Elle est assise et attachée au dossier de son siège afin d'éviter qu'elle ne chute. Ses mains posées sur ses genoux semblent esquisser en permanence le geste qui va suivre. Elle est chauve et, malgré la chaleur, est habillée de noir, enveloppée dans un long vêtement qui lui recouvre les pieds. De petits yeux aveugles recouverts d'une membrane blanche semblent fixer le vide. La bouche édentée disparaît dans un repli en creux. Elle est installée à l'ombre et ne dit mot. Mais c'est elle qui la première a entendu approcher les deux arrivantes.

— Mélisande ? Qui est-ce ?

La mère s'est levée, méfiante. Maëlys a perçu la raideur du ton. Elle se glisse immédiatement derrière sa voisine.

— On va l'accueillir maman. Elle se nomme Maëlys. Elle vient de très loin mais elle s'est perdue. Je sais la reconduire, la ramener aux siens. Il suffit juste de deux ou trois jours à peine. Ce soir, elle dormira ici

Puis se tournant vers Maëlys :

— Entre, je vais te montrer.

A nouveau seules, la vieille s'adresse à la mère d'une voix vrillée de courbatures.

— E-lle est spé-cia-le e-lle au-ssi co-mme Mé-li-san-de.

— Tu crois ?

— Je suis sû-re.

— À l'intérieur, Maëlys s'est arrêtée. La pièce sent la fumée et le bois vieux. Un archebanc[1] et deux tabourets semblent être les trois seules pièces du mobilier présent. Mais, venant de l'extérieur, elle ne voit plus rien. Tout est noir.

— Ici, c'est pour le jour. Le soir, on tire nos paillasses. Derrière, c'est la réserve et en haut l'endroit où on prépare nos plantes. Ma mère et ma grand-mère m'apprennent.

— Mais... On est où, ici ?

Mélisande soupire, pensive puis soudain :

— Viens avec moi. Je vais te montrer. Laisse ton sac ici.

---

1 Coffre de rangement servant de siège

Elles ressortent et s'éloignent, se fondant dans la lumière et le chant des cigales. Une demi-heure plus tard, après une marche silencieuse, elles arrivent au sommet d'un promontoire dominant la mer.

— Regarde.

Maëlys s'est arrêtée et découvre sans comprendre.

— Où est... Cannes ?

— Là-bas, derrière le promontoire.

— Non. Cannes, Mandelieu, Théoule... Il y a là-bas les Iles de Lérins.

— C'est cela : Sainte-Marguerite et Saint-Honorat, oui.

— Je dois redescendre, retourner au collège.

— Écoute. Il faut te reposer. Tu auras tes réponses demain. Nous irons voir Harald. C'est un ami. Il saura t'expliquer, lui.

Maëlys ne réagit pas, figée devant un panorama familier et cependant vide, totalement anachronique. Mélisande lui prend alors la main et la ramène en arrière.

— Allez. Viens.

13

— Elle ne sera jamais à moi.

Geoffroy rumine. Depuis la nuit qu'il a passée en compagnie de Mélisande, il ne cesse de penser à elle. Elle n'a jamais voulu une deuxième fois. Pourtant, ils s'étaient quittés au matin satisfaits l'un et l'autre des moments qu'ils venaient de passer ensemble. Mais depuis...

— Je ne suis rien pour elle ? Juste une fois !

Il s'est mis à la suivre, épiant tous ses déplacements, les gens qu'elle rencontrait les hommes surtout. La jalousie a labouré de ses serres les zones les plus intimes de son âme. Il faut qu'il puisse la rejoindre encore, la prendre une nouvelle fois. Il y a bien ce moine. Mais hormis ce religieux, Mélisande semble n'évoluer que dans un milieu essentiellement féminin. Y a-t-il un autre homme ? Il faut qu'il sache.

Geoffroy se hâte sur le sentier montant, en évitant de faire rouler les pierres sous ses pas. Il déplace sa carrure de lutteur de foire avec précaution tâchant de se dissimuler le plus possible. Il s'est éloigné de ses anciens compagnons buveurs de pintes et des coupeurs de bois avec qui il travaille. Il se retrouve seul avec son amertume. Cela le mine. Mélisande...

Il ne doit pas la perdre de vue ni celle qui l'accompagne. Où se rendent-elles ainsi dans le massif rouge ? Mais il doit se méfier. Plusieurs fois, il les a vues s'arrêter et regarder en arrière. Et puis, il finit par comprendre.

La grotte. L'ancienne grotte de l'ermite Honorat. Que vont-elles y faire ? Qui vont-elles y rejoindre dans cet endroit perdu ? À l'approche de la Petite Baume, il doit cependant accepter de les perdre de vue afin de se cacher.

La chaleur naissante de ce matin d'été exhale toutes les senteurs de la garrigue méditerranéenne. Le thym, le thym surtout domine de sa note légèrement poivrée. Des insectes bourdonnent. Les cigales ont entamé leurs stridulations lancinantes qui ne cesseront qu'à la tombée du jour. Geoffroy ignore tout cela. Toute son attention est à présent dans l'écoute, cherchant à deviner ce qui se passe. Mélisande s'est arrêtée à mi-pente, en pleine lumière, signalant, de la main à Maëlys d'en faire de même.

— Harald ! Je suis là.

— Mélisande ?

Le jeune homme est sorti en entendant son nom. Il cligne des yeux dans la lumière, se protégeant de sa main en visière.

— Où es-tu ? Ah, mais tu n'es pas seule?

— Non. Elle s'appelle Maëlys et elle est arrivée... par la roche.

— Que dis-tu ?

Harald s'est figé, détaillant la jeune fille.
— Par la roche ! Entrez.

Un dernier regard circulaire et Mélisande entraîne sa protégée vers l'entrée de la grotte. Les deux arrivantes doivent attendre quelques instants que leurs yeux s'habituent à la pénombre avant de prendre place à l'intérieur. Chacun se tait, tentant de mettre de l'ordre dans ses pensées. Devant le regard insistant d'Harald, Maëlys a baissé les yeux. La relative fraîcheur de l'anfractuosité rocheuse est la bienvenue après une marche face à des parois rocheuses renvoyant la chaleur. Un silence s'installe. Mélisande et Harald échangent un regard. Ce dernier finalement se retourne et se saisit de ses derniers écrits.
— Je pense savoir d'où tu viens, jeune fille.
— Elle s'appelle Maëlys.
— ...Maëlys. Il va falloir que tu nous croies. Car nous avons aussi vécu ce qui t'arrive. Tu n'as pas changé d'endroit, juste d'époque.
— Je ne comprends pas.
— Laisse-moi te raconter ce qui s'est passé. Il y avait une porte. Cette porte vibrait. À un moment donné, tu t'es approchée d'elle, la pierre noire à la main. La porte devait irradier une lueur bleue. La pierre, elle, devait vibrer plus fort et émettre un léger bruit comme un bourdonnement. Et puis tu as touché la porte et tu as prononcé le mot de la pierre noire. C'est cela ?

Maëlys est reste bouche bée.
— ...Oui.

— Et puis tout a disparu dans le noir. Tu as eu l'impression que tu tombais sans fin. Et tu t'es relevée le dos contre la roche.
— ...C'est cela, oui.
— Sais-tu en quelle année nous sommes ?
— Mais... en 2020.
— Mon dieu !
Mélisande a porté les mains à son visage, les yeux écarquillés.
— Non Maëlys, nous sommes en 1523.
— Maëlys se tasse en accusant le coup.
Harald continue.
— Il va falloir que tu nous croies maintenant. Même si tu risques d'avoir du mal à le comprendre pour l'instant. Cinq cents ans ou presque séparent ta vie de la nôtre. Et pourtant, une connexion s'est établie entre nos deux époques : autour de la roche. Un couloir s'est ouvert avec une entrée et une sortie. Nous sommes, toi et nous, à chaque extrémité de ce passage. La pierre noire en est la clé, nous permet d'y entrer et de le traverser. Le voyage que tu viens d'effectuer est un voyage dans le temps.
— Vous voulez dire que je suis toujours à Pégomas ?
— Je ne connais pas Pégomas.
— C'est le village tout en bas.
— Il n'y a aucun village par ici. Nous sommes en 1523.
— Je veux rentrer chez moi. Tout le monde doit me chercher à présent.
— Je ne crois pas. Le temps ne se mesure pas de la même façon durant ce voyage. Tu réappa-

raîtras «chez toi» très peu de temps après ton départ pour venir jusqu'ici. C'est ainsi.

Maëlys se tait, essayant d'assimiler ce qu'on vient de lui dire. Une chose est cependant à peu près sûre : elle n'est pas en danger avec Mélisande et Harald. Au contraire même. La première l'a accueillie et logée sous son toit, le second vient de lui donner le moyen de revenir à son point de départ. Elle se redresse un peu et change de position.

— Mais alors, qui êtes-vous ?

Mélisande vient de poser sa main sur son bras. Hier encore, ce contact aurait éveillé en elle de la méfiance et même de la crainte.

— Moi, tu sais où j'habite, à présent. Je ramasse des plantes... mais je t'ai expliqué. Harald, lui, a découvert les manuscrits. Il les a étudiés, déchiffrés ? Tout y est expliqué ;

Un silence s'installe. Harald reprend la parole.

— Quand nous sommes arrivés «chez toi», de l'autre côté, en... 2020 ? C'est ça ? Nous avons eu très peur. Tout comme toi, nous n'avons pas compris où nous étions arrivés. Puis nous avons senti une menace. C'est la porte qui nous a sauvés. Elle s'est mise à vibrer alors que nous entendions des pas se rapprocher. Nous savions alors ce qu'il fallait faire. Nous avons pu, à temps, effectuer le voyage retour. Et c'est ce que tu vas faire. Au fait, je m'appelle Harald et je viens du monastère de Lérins.

— Vous êtes moine ?

— Je pensais le devenir.

Tout le monde se tait. Maëlys finit par se détendre. Ouah ! Quand elle racontera ça aux copines !

— Vous me dites que tout passe par la roche. Mais il n'y a pas de roche dans mon collège.

— Je suppose que ce que tu appelles « collège » sont ces immenses boîtes dans lesquelles nous nous sommes retrouvés enfermés avec Mélisande. Pourtant, la porte était là. La roche a dû être rasée mais pas détruite. De toute façon, le passage est toujours activé. Tu en es la preuve vivante.

Harald se tait. Il reprend bientôt :

— Qui d'autre que toi est au courant pour la porte ?

— Personne... à part mon grand-père mais même lui n'a pas pu la voir. Personne d'ailleurs ne la voit : je suis la seule.

— Comme nous, tu fais partie des passeurs.

— Des passeurs ?

— Des voyageurs du temps. Ne me demande pas pourquoi nous. Je ne saurais te répondre. Mais une chose m'intrigue. Mélisande m'a dit que tu étais arrivée en plein jour. Or...

Reprenant ses feuillets, il en extrait un qu'il consulte rapidement.

— Voilà, c'est là : **« Par nuit de morte lune... »** Nous ne pouvions partir que par nuit de morte lune.

Il médite un instant puis, comme se parlant à lui-même.

— La nuit de morte lune, peut-être, pour ouvrir un passage. Mais une fois celui-ci établi, il deviendrait alors accessible à tout moment. Ce doit être cela.

Et se tournant vers Mélisande.

— Le grimoire ne dit pas tout. Si nous devions transmettre, un jour, il nous faudrait le compléter.

— Tu parles de transmettre ?

— Les documents l'évoquent... Enfin, je ne sais pas.

Puis, se tournant vers Maëlys :

— Tu dois rentrer chez toi. Nous allons t'y aider. Je vous propose de nous déplacer le moins possible jusqu'au moment du retour. Vous pouvez rester ici. Nous irons cette nuit. Ce sera plus sûr.

Il jette un regard interrogateur à Mélisande qui approuve. Maëlys les regarde et, pour la première fois depuis son arrivée, se permet de sourire.

*

La journée d'été semble ralentir son cours, prend son temps, s'attarde ne délaissant qu'à regret les vallons endormis envahis de soleil. Éprouvée par trop d'émotions, Maëlys s'est assoupie. Harald et Mélisande se sont installés à l'entrée de la grotte et discutent à voix basse.

— J'avance, Mélisande. Mais le travail n'est pas simple. Je dois d'abord remettre toutes les lettres en ordre. J'obtiens ainsi un texte en latin que je dois ensuite traduire. J'en viens, de fait, à en considérer le message implicite. Seuls ceux qui ont les outils pour accéder aux révélations de ce texte sont en mesure de savoir. Et parmi eux,

seuls ceux qui en possèdent le don ont accès au voyage.
— Peut-être, peut-être pas. Un savoir peut se transmettre et un voyage s'effectuer à deux : un passeur avec un compagnon.
— Tu en viens toi aussi à parler de transmettre... Comment les choses se sont-elles passées près de la roche?
— Mathieu n'était pas loin à ramasser du bois avec ses deux fils. La vieille Noémie était venue cueillir des ajoncs pour les paniers qu'elle vend au marché de Cannes. Ils se sont tous enfuis quand tout s'est assombri. Mais j'ignore si, parmi eux, certains sont revenus pour voir.
— Tout cela me fait peur. Si quelqu'un t'a vu ou te voyait en compagnie de cette jeune fille, que crois-tu qu'il penserait ? Et que ferait-il alors ?
— Je... ne sais pas.
— Et moi, je crains le pire. On ne fait rien avant la nuit. Repose-toi. Je retourne à mon travail.

Geoffroy n'a rien entendu. Il attend que ceux de la grotte bouge. Il attendra le temps qu'il faudra.

La nuit est venue sans un bruit, éteignant un à un, les foyers de chaleur allumés par le jour. Elle est venue baigner d'une douce fraîcheur le visage brûlant des monts de roches basaltiques emmitouflés dans leurs écharpes rouges.

Tout repose à présent. Un silence prégnant respire dans le noir. Chacun attend le moment de se mettre en mouvement.

Maëlys a retrouvé une vigueur nouvelle. Elle va rentrer chez elle en 2020. Durant l'après-midi, pour tromper leur attente elle a voulu expliquer à une Mélisande effarée quelques particularités de son époque, à commencer par sa tenue vestimentaire. Ce que la cueilleuse de plantes appelle ses sacs a reçu des noms bizarres. Les petits sacs renforcés pour les pieds : des chaussures, celui dans lequel on enfile les jambes, un pantalon et celui qui recouvre le haut du corps et les bras, un tee-shirt. Ce dernier mot l'a fait beaucoup rire.
— Un quoi ? Un tee... quoi ? Chez nous on parle de sarrau ou de tunique si le vêtement est long. Pour les pieds, on porte des houseaux. Moi je n'en porte pas. Pour les jambes ce sont des braies. Nous les femmes, on porte des robes avec un tablier. Je m'en sers d'ailleurs pour mes récoltes. Beaucoup d'entre nous portent aussi un foulard. Mais moi, je n'aime pas.

Elle se recule un peu et changeant de sujet :
— Quand on te regarde, on a l'impression que tout a été fabriqué et cousu sur ton corps. Tu n'es pas trop serré dans toutes ces enveloppes ?

*

Une bougie brûle, solitaire, tout au fond de la grotte, signalant une présence humaine dans ces montagnes désertées. Un homme cependant continue de faire le guet. Mélisande est toujours là. Mais bientôt, Geoffroy l'entend qui prend congé. Le moine va rester. Il discerne bientôt la jeune femme qui entame le retour vers la vallée en compagnie de celle qui ne cesse de la suivre.

Une étrange créature en vérité, curieusement vêtue.

La nuit va lui rendre peut-être la tâche plus facile. Après les avoir laissé prendre une certaine distance, il se met à les suivre. Il ne craint plus d'être vu cette fois-ci mais d'être repéré au bruit qu'il pourrait faire. Il se met à les suivre sans bruit. Deux, trois fois malgré toutes ses précautions une pierre a roulé. Il aperçoit alors les formes devant lui s'arrêter et écouter la nuit. À chaque fois, après un moment d'hésitation, elles sont reparties.

Les voici à présent en basse vallée de Siagne. Geoffroy les suit toujours, ignorant le but de leur marche nocturne. Mais soudain, elles s'arrêtent à côté d'une roche. Une grande colonne noire dans cette fin de nuit. La nature s'est tue, éteignant les grelots monocordes des grillons et les bruits d'eau signalant la présence de quelque batracien. Il les entend chuchoter, puis Mélisande s'éloigne et fait un geste. Sa compagne, elle, est restée près du rocher. Plus rien, ni personne ne bouge durant un court instant. Le silence est total.

Et soudain, tout s'éteint. Geoffroy croit un moment être à la fois devenu sourd et aveugle. Au même instant, le sol a vibré et l'a fait vaciller. Il doit se rattraper à une branche proche. Que s'est-il passé ?

Quelques secondes d'incertitude, et brusquement, la faible luminosité des étoiles reflétée dans les flaques d'eau stagnantes revient. C'est alors qu'il prend conscience sans vraiment comprendre que Mélisande est seule maintenant et repart en arrière. Geoffroy la laisse s'éloigner. Une brusque tension s'est emparée de lui. Les poils de ses bras se hérissent. Brusquement, il a froid. Il commence à comprendre. Sorcière ! Mélisande est sorcière ! Elle a commerce avec l'au-delà. Il aurait dû comprendre bien avant.

Désemparé, il s'assoit à même le sol et tente de réfléchir à ce qu'il vient de voir. Son attirance pour la cueilleuse de plantes n'a pas faibli mais est en train de changer de nature. Mélisande est sorcière, et alors ? Mais maintenant, il sait. À cause de cela, elle doit changer à son encontre. Il ira la voir, cette semaine, au marché de Cannes. Ils auront à parler.

Le jour va bientôt se lever. Il est temps de rentrer. Mélisande a disparu depuis un moment en direction de Tanneron. Il reprend, lui, celle de Cannes. Leurs chemins divergents vont bientôt se rejoindre.

14

Quand elle essaiera plus tard de se rappeler ce qu'elle a ressenti en le voyant s'approcher ce matin-là, elle ne retiendra que la sensation d'un étrange malaise. Le vent arrivant sur la rade par sud-est s'était manifesté plus tôt que d'habitude, un peu plus soutenu, léchant le plan d'eau à grands coups de langue frémissante venant rider son miroir d'eau claire. Les mouettes et goélands avaient débuté leur inspection des retours de pêche, ballets mouvants de lentes arabesques au-dessus des tables ruisselantes.

*

La journée de Mélisande avait débuté tôt comme à son habitude. Départ de nuit des hauts de Tanneron, chargée des produits de ses récentes cueillettes. Elle avait fait récolte de marjolaine et comptait en écouler le stock auprès de tous ceux qui viendraient la trouver pour des problèmes intestinaux. Mais ce matin, c'est Geoffroy qu'elle voit s'approcher de son étal au sol.

Elle se souvient de la nuit qu'ils ont partagée et du plaisir qu'elle en a retiré sans pour autant se leurrer concernant l'avenir de leur relation. Rien, hormis une attirance purement physique sur le moment ne peut la relier durablement à cet homme. Elle a donc fait en sorte de le lui faire comprendre. Et pourtant c'est lui qui manifestement cherche à se rapprocher.

— Bonjour Mélisande.

— Bonjour.

Mélisande a répondu du bout des lèvres. Elle poursuit pourtant, l'air vaguement ennuyé.

— Aurais-tu par hasard besoin de mes services ? Douleurs ? Mauvaise digestion ?

— Non. Besoin de toi tout simplement.

— Nous en avons déjà parlé.

— Mais les choses ont changé.

— Non, Geoffroy. Rien n'a changé et rien ne changera.

— C'est selon. Je ne savais pas que tu sortais la nuit dans les marais de Tanneron.

Mélisande s'est raidie imperceptiblement.

— Je ne sors pas la nuit. J'ai bien trop à faire dans la journée.

— Je t'y ai vu pourtant il y a deux nuits... et tu n'étais pas seule.

— Tu te trompes.

Mais Geoffroy sait qu'il vient de se faire comprendre. Mélisande a accusé le coup.

— Pas seule, jusqu'au moment où...

— Pars ! Je ne sais pas qui tu as vu ni ce que tu as vu mais ce n'était pas moi. Va-t-en et laisse-moi tranquille.

— Mais tout cela peut rester entre nous. Cela ne dépend que de toi.

Le vent s'est renforcé. Un nuage vient voiler momentanément les rayons du soleil. Ils se fixent des yeux. Une paysanne s'approche alors, tenant par la main une fillette la morve au nez, les cheveux en broussaille.

— Laisse-moi. Tu m'empêches de vendre.

Geoffroy s'est redressé pour se tourner vers l'arrivante.

— Toi, tu fous le camp avec la petite. Nous avons à parler Mélisande et moi.

Le ton et son regard suffisent à convaincre la femme qui recule. Se détournant d'elle pour de nouveau faire face la vendeuse de plantes, il reprend, détachant les syllabes.

— Écoute-moi bien. Que tu sois sorcière ou non m'importe peu. Mais ce ne sera pas le cas pour tout le monde. Moi, je ne demande qu'une chose : revenir avec toi.

— Jamais.

— Écoute-moi.

Il vient de faire un pas vers elle. Elle a sorti sa lame.

— Tu ne m'approches pas !

— Soit. Mais tu l'auras voulu.

Le regard noir, un mauvais rictus sur le visage, il a tourné le dos et puis s'est éloigné. Si elle ne peut être à lui, elle ne sera à personne.

La jeune femme remet son arme à la ceinture et tente de retrouver son calme. Arrêter ce tremblement qui agite ses mains. Elle les serre l'une contre l'autre et tente de réfléchir. Il sait. Il a vu. Il est capable de tout. Elle est donc en danger. Elle ne reviendra pas vendre ses plantes au marché de Cannes… du moins pendant un certain temps. Le temps justement que tout cela se calme. Elle replie son étal. La vente est terminée.

*

Geoffroy s'est rendu chez Mathieu. Ce dernier habite sur les pentes du petit mamelon dominant l'abri-port. Il vit au rythme des arrivées des navires et des jours de marché. Mathieu est portefaix.

Plutôt petit, tassé, son allure s'apparente à celle d'une souche de vieil olivier : noire, noueuse, crevassée mais solide. Sa vie a débuté ici, se déroule près du port et se terminera ainsi. Le matin, il descend vers le quai, son brancard à bretelles dans le dos et se loue pour les transports de charges.

Le soir, rompu, il remonte chez lui retrouver les siens : sa femme et ses deux fils. Il y a Dieu pour les malheurs et les amis les jours de fête. Son bien se résume à ce logis hérité de ses parents.

Ce qu'il a vu la semaine passée au pied de Tanneron, il l'a raconté à Geoffroy qui sur l'instant n'a pas voulu le croire. Mais à présent ce n'est plus le cas. Lui aussi a été témoin d'événements occultes. Aujourd'hui, il veut en faire état mais il ne doit surtout pas être seul à proférer de telles accusations. « Sorcellerie ! ». Il connaît la signification d'une telle dénonciation. Terrible ! La mort, brûlé vif en place publique. La honte et le déshonneur pour les proches. Il doit être cru sinon tout pourrait se retourner contre lui.

Assis devant le pas de la porte en compagnie de Mathieu, Geoffroy hésite. Le portefaix vient de lui confirmer ce qu'il dit avoir vu là-bas. Il n'a pas encore avoué ce que lui-même a vu la nuit.

— Mais tu ne me crois pas.

— Et tes fils ? Ils ont vu la même chose que toi ?

— Non. Je leur ai demandé de rester en retrait. Ils ont vu la nuit arriver puis repartir: ça oui. La vieille Noémie aussi. Elle était là, à ramasser des ajoncs. Je ne l'ai jamais vue détaler aussi vite que ce jour-là. Moi je suis revenu pour voir, en me cachant. Mélisande était restée et elle parlait avec la créature.

En attendant son nom, l'image de la cueilleuse de plantes revient. Geoffroy ne sait plus, ne dit plus rien. Il suit, des yeux, les allées et venues de la foule le long du quai en contrebas et au-dessus, le vol des mouettes et goélands cernant l'activité du port, les nuages, plus loin… les îles, l'horizon...

Il finit par se lever.

— Salut.

Mais le temps de redescendre au port et de voir la place vide de Mélisande repartie chez elle, il comprend qu'il ne pourra pas la dénoncer.

*

Frère Eustache gravit les derniers mètres le séparant de l'entrée de la grotte. Le chemin jusque-là lui a paru plus long, plus difficile. Le souffle court, il finit son ascension et se redresse en se massant les reins. La transpiration lui colle le vêtement au corps.

Harald a entendu. Il est sorti pour accueillir l'arrivant. Les deux hommes se dévisagent, font les derniers pas l'un vers l'autre, se prennent dans les bras.

— Frère Eustache. Quel plaisir !

— Moi aussi, Harald. Je suis venu te voir, savoir comment tu allais et où tu en étais.

Puis, se retournant pour admirer le paysage :

— Tu ne pouvais trouver meilleur endroit pour aborder ce passage.

— Frère Eustache...

— Nous avons tous connu, Harald, ce moment du choix de notre vie. Ta décision sera irrévocable car il en est ainsi. Il est normal que tu t'y prépares, que tu saches ce que tu laisses d'un côté et ce que tu trouveras de l'autre. Nous t'attendons Harald et le moment est proche.

Il se tait et admire ce que le petit paysan crotté, en haillons et les joues hâves qu'il a recueilli quelques années plus tôt est devenu. Son élève, aujourd'hui est un jeune homme de haute stature, soigné de sa personne, énergique, instruit, se préparant à consacrer sa vie à Dieu. Et c'est lui, Frère Eustache, qui en est l'artisan. Il aura su ainsi assurer la transmission de sa foi à plus jeune que lui. Sa vie aura eu un sens parmi les hommes mais également parmi les serviteurs de Dieu. Frère Eustache est en paix. Il sourit à Harald en s'épongeant le front.

— Comment vas-tu ?

— Je... Je n'ai pas encore trouvé toutes les réponses à mes questions.
— Entrons Harald. Mettons-nous à l'abri, tu vas me raconter. Je suis venu pour ça.

Dès l'entrée sous la roche, les menus bruits de ce jour d'été décroissent. La touffeur de l'air cède la place à une bulle de relative fraîcheur. S'extraire ainsi d'un extérieur commun à tous les autres met en situation d'observation et d'interrogation sur son propre parcours. La grotte est là pour ça. Ils s'assoient l'un en face de l'autre.
— Je t'écoute, Harald.

Mais celui-ci se tait, fixant le sol d'un regard fiévreux.
— Je comprends tes questions. Je peux les deviner. Moi-même les ai portées aussi avant de m'engager. Mais la chose finalement est simple. Tu as le choix :

Ou ta place est parmi les hommes et leurs parcours de vie dans le temps de ce siècle, faits d'errements parce que dans l'ignorance de ce qu'ils sont réellement : des créatures de Dieu ;

Ou elle est parmi nous, à l'abbaye, dans la lumière de la connaissance et de la vérité, dans la certitude de servir les desseins du divin.
— La vérité, frère Eustache. Mais comment l'approcher ?
— Les Saintes Écritures.
— Vérités révélées ! Mais encore ? Que faire de celles que nous allons chercher ?
— Que veux-tu dire, Harald ?
— Le grimoire... et la pierre qui vibre.

— Nous en avons déjà parlé. C'est œuvre démoniaque. Mais nous l'avons détruite.
— Non. J'ai voulu, avant toute chose, faire œuvre de raison. Je suis allé au bout des choses.
— Non ! Tu n'as pas fait ça !

Frère Eustache s'est brusquement levé, sonné par cette révélation.
— Si. Le grimoire dit vrai. Le voyage est possible. Nous en avons réalisé un.

Le vieux moine a blêmi.

— Je ne te crois pas... Qui « nous » ?

— Mélisande, la vendeuse de plantes était avec moi. De plus, un autre voyageur, venant d'un autre temps est arrivé chez nous, avant de repartir.

Plus personne ne parle. Tout ce qui devait être dit a été énoncé. Le plus âgé, à ce moment, tente de se raccrocher à quelque certitude. Il se détourne puis revient face au plus jeune.
— Qui le sait ? Qui vous a vus ?
— Je ne sais pas.

Le visage de frère Eustache s'est brusquement fermé. Son teint a viré au gris. Il se penche et saisit son élève par les épaules. Sa voix s'est altérée, ses mains tremblent. Son regard planté dans celui du plus jeune, il martèle ses mots.
— Ne bouge pas d'ici !

Puis il sort de la grotte, cligne des yeux dans la lumière et se lance dans la descente au risque de se rompre les os.

Harald n'a pas bougé. Il mesure l'aspect dévastateur de ce qu'il vient de dire.

*

Le jour décline. Il a baissé le ton au départ du soleil. Tous ses conciliabules sont devenus murmures : la mer le long des roches ou des plages de sable, le vent dans les ramures, le commerce des hommes. Deux ombres silencieuses glissent le long du déambulatoire du cloître de Lérins. Frère Eustache est venu consulter le Père Supérieur.

— Nous sommes là, frère Eustache, au cœur des grands mystères de la résurrection et de la foi chrétienne : croire sans comprendre ou comprendre pour croire. Dans tout cela, il y a chez Harald, un indiscutable péché d'orgueil. Qui est-il pour vouloir percer ainsi le mystère de la création ?

— Est-il alors perdu sans espoir de rédemption ?

— Harald est un être particulier. Un être d'exception. Vous ne vous étiez pas trompé en le ramenant parmi nous alors qu'il n'était encore qu'enfant. Mais le Malin s'en prend à ceux qu'il juge les plus emblématiques. Harald doit être secouru.

Le Père supérieur se tait quelques instants, affinant son analyse avant d'en livrer les décisions. Quand il reprend la parole, le ton est affirmé.

— Il y a là, sorcellerie. La cueilleuse de plantes doit être condamnée. Je vais aller solliciter le grand inquisiteur de Marseille. Un émissaire prendra la route dès demain matin afin de le prévenir. Harald, quant à lui, restera dans la grotte. Il y restera en prières le temps qu'il faudra.

Vous serez son directeur de conscience. Nous aurons, si besoin, recours à l'exorcisme. Harald reviendra.

Frère Eustache, enfin, s'apaise. Il ne dit rien, écoute le silence, revoit l'enfant qu'il est allé chercher quelques années plus tôt. Il s'arrête un instant et, fermant les yeux, se tourne vers le ciel, le temps d'une prière. Harald reviendra.

15

Les hommes d'armes sont arrivés tôt, le matin, au logis des cueilleuses de plantes. Les oies ont bien donné l'alarme, mais Mélisande a tout de suite été saisie et entravée puis emmenée sans aucune explication. Elle a eu juste le temps de souffler à sa mère.

— Va à la grotte de l'ermite, dans les montagnes rouges. Il s'appelle Harald.

Sa mère se hâte en proie aux plus vives inquiétudes. Mélisande ne lui a rien dit de plus. Que doit-elle en penser ? Mais le trajet, pour elle, est incertain. Elle n'est que rarement allée jusque là-bas. Le massif est sillonné de multiples traces de passages. Lesquelles doit-elle suivre ? L'angoisse monte en elle, l'empêchant de mobiliser efficacement ses rares souvenirs. Elle finit, cependant par y arriver en tout début d'après-midi. Sa marche rapide l'a épuisée. La panique qui, à présent, l'a envahie achève de l'anéantir. Elle arrive chancelante. Harald se précipite.

— Mon père.

— Appelle-moi Harald.

La mère de Mélisande s'affaisse.

— C'est vous que je viens voir. Ils ont pris Mélisande.

Une serre d'acier vient lui broyer le ventre. Il ne dit rien pourtant avant d'avoir conduit l'arrivante à l'abri dans la grotte. Puis se forçant à s'exprimer d'une voix calme:

— Parle.

Une peur insidieuse s'est infiltrée dans son esprit. La femme se met à raconter vite et de manière hachée et petit à petit, Harald complète dans sa tête le récit tronqué qu'il est en train d'entendre. Quelqu'un a vu, est allé raconter, à moins que ce ne soit... lui ! Lui, en se confiant à frère Eustache ! Une rage sourde monte alors en lui. Si la chose est avérée... Mais l'urgent n'est pas là.

— Tu ne peux pas rester. Quelqu'un va arriver. On ne doit pas te voir ici. Retourne chez toi. Je passerai te donner des nouvelles.

Ce n'est que bien plus tard, en fin de journée que frère Eustache rejoint l'abri d'Harald. Il passera la nuit en prières avec lui. Mais le jeune homme n'est plus là. Le vieux moine scrute les alentours en vain. Il se résout alors à s'installer à l'intérieur et attendre.

De son côté, durant l'après-midi, Harald n'a pu rester là-bas. Dès le départ de la mère de Mélisande, il est sorti et s'est mis à grimper ; besoin de respirer, de desserrer cet étau qui lui broie les entrailles. Il s'est élevé sur le mont au-dessus de la grotte. De tout là-haut, la vue est magnifique, plein Sud, face au large. À gauche, les deux îles et la baie de Cannes, à droite des golfes et des caps qui se fondent dans la brume. Et droit devant, la mer immense, immaculée. Un panorama grandiose. Harald a cherché à s'y perdre un instant pour retrouver la paix de l'âme. En vain. Il s'est assis, se prenant la tête à deux mains. Non, ce n'est pas possible. Ce ne peut être lui !

Son esprit refuse toujours ce que sa raison a déjà compris. « Sorcellerie » bien sûr ! Mais, dans ce cas, il aurait dû être arrêté lui aussi. Or personne n'est venu s'assurer de sa personne. À bien y réfléchir, il n'a fini par y voir qu'une explication. La dénonciation était bien venu de frère Eustache qui en condamnant Mélisande avait voulu le sauver. Comment pourrait-il accepter une chose pareille ? La colère l'emporte. Il se lève à présent et s'apprête à redescendre. Frère Eustache doit bientôt arriver. Il va dire sa vérité.

Un dernier moment de solitude, dernier regard debout, sur le géant monolithe posé au bout du promontoire comme un autel offert au ciel, face à l'espace infini d'une mer impavide. Il s'y pose comme une offrande faite à un dieu aveugle. Posant la main sur la roche, il marque un temps d'arrêt. Elle est tiède et vibre doucement.

*

Le vieux moine est sorti dans la nuit, attendant son élève. L'immense chapiteau d'un ciel d'été nocturne palpite faiblement dans l'éclat silencieux de ses milliards d'étoiles. Et dans cette contemplation muette, que l'on soit homme ou bête, on se sent tout petit, rendu à ses propres et dérisoires forces.

Le massif rocheux dresse, à proximité, son imposante architecture dans une obscurité quasi phosphorescente. Cette présence géante, silencieuse, écoutant le silence, renforce ce sentiment d'intense vulnérabilité. Frère Eustache l'a cependant toujours combattu dans cette conviction que l'on n'est jamais seul quand on prie le Très Haut.

Et cette nuit encore. Il a hâte, à présent, qu'Harald soit de retour. Quelques instants plus tard, le bruit éloigné d'une pierre qui roule signale son approche. Une ombre gravit bientôt les derniers mètres la séparant de la caverne. Son pas se ralentit, apercevant celui qui est venu l'attendre. Inutile de se voir. Ils se sont reconnus. Harald s'est arrêté. Le face à face s'éternise. Frère Eustache attend un geste, une parole. Le plus jeune reste mutique. Finalement, le vieux moine s'avance.

— Harald.

— Vous saviez. Et vous avez parlé ! À qui ?

— Harald...

— À QUI ?

La voix est allée percuter les échos, très loin dans les collines. Le silence revient.

— Ta rédemption Harald. Je suis là pour ta rédemption. Plus rien d'autre ne compte.

Cette réponse n'est plus celle d'un maître qui affirme mais d'un homme inquiet, cherchant à persuader.

— Pourquoi avez-vous fait cela ? Vous l'avez condamnée ! À qui en avez-vous parlé ?

— Notre Père Supérieur...
— Alors tout est perdu.

La voix se brise. Un abîme vient de se creuser entre eux.
— Pourquoi elle et non moi ?
— Tu appartiens à l'Abbaye. Tu peux te repentir. Nous pouvons t'y aider.

De nouveau, le silence. Puis Harald reprend, martelant ses propos
— Il n'y a pas sorcellerie, frère Eustache. Le phénomène est incompréhensible, je l'avoue mais le démon en est absent. Aucune odeur de soufre, pas de voix dans la tête, aucune sensation de brûlure ni de déformation du corps... Pourquoi avez-vous fait cela ?
— Tu te trompes, Harald. Le démon est capable de se dissimuler de multiples façons.
— Que va-t-il se passer ?
— Le grand Inquisiteur...
— Partez ! J'ai besoin d'être seul. Ma rédemption, si rédemption il devait y avoir, ne pourrait être que de mon fait. Je n'ai pas besoin d'aide.

Le vieux moine reste interdit. Jamais il n'aurait imaginé de tels propos dans la bouche d'Harald. Il sait pour autant que cette nuit rien ne sera négociable. Il ne lui reste que le repli.
— Nous t'attendrons Harald.

L'autre ne répond rien. Un léger éloignement suffit. Frère Eustache se fond lentement dans le noir. Harald reste seul.

Il repart vers le fond de la grotte où brûle, solitaire, une petite lampe à huile. Les documents sont là, dissimulés dans une niche creusée dans la paroi. Il en prend possession. Les dernières vérités du grimoire doivent maintenant être impérativement décryptées. Il en reprend l'étude.

*

Dès sa capture, Mélisande s'est retrouvée plongée dans un monde de terreurs. Elle sait pourquoi on est venu la chercher. Dans son réduit, ce soir elle reste prostrée.

Demain matin, elle comparaîtra devant le Grand Inquisiteur. Il y aura des questions bien sûr, mais vraisemblablement aussi des confrontations avec d'éventuels témoins. Qui ? Geoffroy à n'en pas douter mais sera-t-il le seul ? Si tel était le cas, elle pourrait se défendre, parler de jalousie…

Attendre… la nuit est longue. Qu'est devenu Harald ? Que fait-il ? Sera-t-il inquiété lui aussi ? Ses entraves ne lui permettent pas de s'allonger pour un temps de repos. Mais l'esprit malgré lui refuse de lâcher prise.

Depuis son arrestation, personne n'a daigné lui adresser la parole. Mélisande a peur. Elle repense aux craintes d'Harald. Sorcellerie ! Rien que d'y penser, elle ressent la nausée.

Elle doit réfléchir mais son esprit affolé se perd dans toutes sortes de possibles, tous plus épouvantables les uns que les autres. Elle se redresse et tente de s'adosser au mur de pierre glacé suintant l'humidité. Quelqu'un passe à pas lents devant sa geôle, s'arrête un instant écoutant le silence puis reprend son chemin. Qui était-ce ?

Le Grand Inquisiteur, arrivé la veille de Marseille, vient de s'arrêter devant sa cellule. Il quitte à l'instant le bureau du Père Supérieur de l'Abbaye de Lérins. Deux autorités religieuses de premier plan qui viennent de fixer le cadre du procès.

Il marque un temps de pause tendant l'oreille, puis reprend son chemin, s'éloigne dans le noir, enfermé dans le halo chancelant de sa lampe à huile. Le silence et la nuit reprennent alors possession du couloir déserté.

Trois décisions ont été prises.

- Aucune question concernant l'origine des phénomènes paranormaux : la réputation de l'Abbaye et de ses moines ne peut souffrir de mise en cause. Seules celles concernant l'établissement de la réalité des faits devront être posées.

- Aucune allusion à une quelconque complicité. Elle seule devra répondre des accusations portées à son encontre.

- Le procès à huis clos se tiendra néanmoins au cœur de la cité cannoise

Ceci posé, les choses devront aller vite. Le Grand Inquisiteur n'a plus que quelques heures pour prendre du repos. Le voyage l'a fatigué. Demain, il reprendra la mer accompagné d'une délégation de l'abbaye pour rejoindre la côte. Le procès se déroulera là-bas. Il doit en attendant reprendre quelques forces.

De l'autre côté de la mer, loin, perdu dans les montagnes rouges au fond de sa caverne, le visage sculpté dans les faibles éclats d'une lueur l'accompagnant dans sa tâche nocturne, Harald vient enfin d'arriver au terme de sa tâche.

16

Voilà maintenant plus de soixante-dix ans que les habitants de Cannes se sont constitués en commune libre pour échapper à l'emprise des abbés de Lérins. Le village fortifié, groupé autour du château, occupe principalement les flancs Est et Nord du petit promontoire. Il compte déjà un hôpital et une église à l'intérieur de ses remparts. L'activité de son marché permanent sur le quai du port-abri regroupe la vente de productions locales (céréales, produits de l'olivier...) l'exportation des tissus et des cuirs de Grasse, l'écoulement des produits de la pêche.

Un approvisionnement non négligeable fournit également une bonne partie de son commerce. Les moines ont perdu là une source de revenus dont ils n'ont pas encore tout à fait accepté la réalité.

Pour autant, hors de question d'abandonner l'emprise religieuse sur cette petite communauté de commerçants, d'agriculteurs et de pêcheurs La perte de cette manne économique a renforcé la détermination des religieux de l'île de réaffirmer leur pouvoir spirituel sur la petite colline érigée face aux îles.

De leur côté, les Cannois sont soucieux de ne pas entamer avec eux de rapports trop inamicaux. Ainsi, le remplacement de l'ancienne chapelle construite par les moines de l'Abbaye de Lérins, devenue chapelle Sainte-Anne est un projet prioritaire. En effet, devenue trop exiguë elle avait finalement été délaissée par les paroissiens, considérée comme trop dépendante du château et des moines commendataires.

La future église devra être édifiée à l'imitation de celle de Roquebrune-sur-Argens, mesurant 18 cannes de long, 6 de large et devra être terminée dans les 3 ans moyennant 2 000 florins, 15 écus et 50 barils d'anchois. Le chantier a déjà pris du retard mais le presbytère est déjà debout. Il abritera le procès en sorcellerie de la cueilleuse de plantes. Ainsi sera réaffirmée ici l'autorité de Rome et de son Eglise.

Le Grand Inquisiteur arrive tôt le matin, accompagné de sa captive sous bonne escorte de l'abbé de Lérins et de trois de ses plus vénérables représentants. Frère Eustache en fait partie. Ils siégeront à ses côtés.

Le temps est maussade. Une lumière grise est venue baigner les abords de la rade de Cannes et son plan d'eau. Le paysage apparaît recouvert d'une couche d'étain.

La rumeur se répand de ce qui se prépare. Chacun se tait, partagé entre crainte et incompréhension. Mélisande est, à ce jour, une personne respectée pour son savoir et ses compétences pour soulager certaines affections. Ce pouvoir serait-il d'origine satanique ? Beaucoup en doutent, chacun connaît les plantes mais personne n'ose le dire face aux autorités monastiques. N'iraient-elles pas, face à ces contradicteurs, jusqu'à les accuser de complicité en sorcellerie ?

Un homme attend la délégation venue de l'île. Il est arrivé tôt le matin, a gravi la colline jusqu'aux abords du chantier de la nouvelle église. Il attend à présent l'arrivée des religieux près du presbytère. Une foule craintive et silencieuse accompagne la procession durant son ascension le long des ruelles encore obscures innervant le village. Quand enfin ils arrivent, il s'avance.

— Harald !

Ce dernier a tenu à ce que cette rencontre se fasse en public. Il sait la réputation de Mélisande dans la communauté cannoise. Il compte s'en servir. Il s'adresse donc à voix haute afin que chacun puisse l'entendre.

— Je connais Mélisande. Comme tout accusé avant son procès et dans le respect de la miséricorde que Dieu accorde à ses brebis égarées, je vous demande de me laisser la visiter afin de tenter d'obtenir son abjuration et son repentir. Cela n'effacera pas les faits qui pourront être avérés mais pourront, si tel était le cas, sauver son âme des flammes de l'enfer.

Le Grand Inquisiteur s'est raidi. Qui est ce moinillon qui ose ainsi l'interpeller face à la foule et contester ses prérogatives ? Un silence s'installe. Il défie du regard l'importun puis se retourne vers les moines de l'île. Chacun se tait.

— Personne d'autre que moi ne peut à présent rencontrer la captive. S'il doit y avoir abjuration ce sera en ma présence.
— Je connais Mélisande. Elle ne vous connaît pas.
— Personne d'autre...

La foule vient de s'animer. Une rumeur qui n'ose pas encore s'opposer à l'homme en habit noir mais des murmures de désapprobation.

— Cela ne sera pas !

Harald s'est avancé.

— Il n'y a pas d'âme perdue. Chacune d'elles mérite qu'on vienne la chercher pour la ramener dans le troupeau du Seigneur. Tout le monde ici vous dira que nul autre que moi ne peut y parvenir si la chose est possible. Je dois voir Mélisande.

La rumeur enfle. La foule approuve. Les hommes d'armes sont venus se placer de part et d'autre du Grand Inquisiteur. La foule, toujours la foule, ignorante et stupide, toujours prompte à suivre qui parle le plus fort ! Mais le Grand Inquisiteur connaît la peur qu'il inspire. Il va tenter de s'en servir. Il se redresse, faisant face aux villageois.

— Je porte, ici, la loi de Dieu. Qui ose le contester ? ... Qu'il s'avance !

Personne n'ose mais le tumulte ne cesse de grandir. Pour ne pas le défier ouvertement, chacun parle avec son voisin, argumente, s'emporte et conforte son soutien à Harald. Les gestes se font plus vifs. Seraient-ils menaçants ? Face à ce désaveu, le Grand Inquisiteur hésite. Il va devoir composer.

— Soit. Tu la verras ce matin. Tu as jusqu'à midi.

Il se détourne, rageant intérieurement contre le mutisme et l'absence de soutien des moines de l'abbaye.

— Allons ! Nous reviendrons plus tard.

Les religieux s'éloignent. Les hommes d'armes font entrer Mélisande et Harald dans le nouveau presbytère. La porte se referme sur eux. La foule est toujours là.

Une faible lueur éclaire l'intérieur, venant de deux lampes à huile posées à même le sol, sculptant leurs silhouettes de fines ombres verticales. Pas de mobilier. Pas encore. Ils se sont appuyés contre le mur de pierres. Seuls les bruits de leurs respirations se font entendre. Ils se regardent.

— Mon Dieu, qu'avons-nous fait ?

— Que va-t-il se passer ?

Harald s'avance et prend Mélisande contre lui. Ses mains caressent ses cheveux, cherchant à rassurer. Mais il connaît déjà le dénouement de toute cette affaire. Il sent la jeune femme trembler tout contre lui. Resserrant son étreinte dans une vaine tentative pour arriver à la calmer, il lui chuchote à l'oreille.

— Quelqu'un t'a vu, l'autre nuit, raccompagner la voyageuse du temps. J'aurais dû t'accompagner. Je n'aurais surtout jamais dû t'embarquer dans cette folie. À présent tout nous échappe.

Il s'écarte légèrement d'elle et lui prend le visage à deux mains avant de poursuivre.

— J'ai pensé, un moment me joindre à toi. Je ne pouvais accepter de te laisser seule face aux conséquences de ce que nous avions vécu ensemble mais… la traduction des derniers textes m'en a dissuadé. Voilà ce que nous allons faire.

*

Deux heures plus tard, Harald frappe à la porte. Un soldat vient lui ouvrir. Il sort et jette un dernier regard à Mélisande, un regard qui s'attarde. Puis, une fois le lourd vantail refermé, il s'adresse aux villageois qui sont venus vers lui.

— Le Grand Inquisiteur décidera. Mais Mélisande a juré n'avoir jamais fait commerce avec le démon. Elle a réaffirmé sa foi envers le Christ rédempteur et son Père au plus haut des cieux. Elle plaidera sa cause face à ses accusateurs. Je serai à ses côtés.

Chacun approuve. La foule se disperse. Dans l'après-midi, un mobilier est installé à l'intérieur du presbytère. Mélisande est gardée prisonnière, hors de la vue des passants. Elle est là mais on ne la voit pas. Tout le monde ici la connaît et ne peut s'empêcher de penser à elle, entravée et tenue à l'écart dans un coin de ce bâtiment.

De lourds tréteaux, un immense panneau de bois, des pièces d'étoffe de grandes dimensions cinq sièges capitonnés. Le tout est installé dans le fond de la salle. Le procès se tiendra à huis clos, et débutera dès le lendemain. Mais Harald n'y sera pas admis. Frère Eustache a insisté espérant ainsi le protéger….

*

La réalité vient brutalement percuter tout l'édifice de ces réminiscences, ces proches souvenirs d'un glissement inexorable vers une fin mortelle: le procès dont il a été écarté sans pouvoir apporter son aide à Mélisande, la perte au final de la jeune femme avec la condamnation au bûcher pour faits de sorcellerie avérés, l'immolation, le retour de nuit sous la pluie à la grotte, le grimoire qu'il tient à la main. Mélisande... dont le retour à la vie ne dépend maintenant que de lui.

Harald est revenu de ses évocations en regards intérieurs. Au dehors, la lumière a grandi. La faim est toujours là mais Harald n'a qu'une chose en tête : enclencher l'inversion de la marche du temps.

Revenir en arrière, modifier l'ordonnancement des événements, en changer la nature, ou mieux encore : en effacer, pour certains, la réalité. C'est à ce prix que Mélisande pourra reprendre le cours de sa vie. Remettant dans sa cache le précieux incunable, il sort de l'ombre de la roche et s'éloigne à grands pas.

En fin d'après-midi, il a déjà gravi le massif voisin. Tanneron. Le malheur s'est abattu ici. Il vient y rencontrer deux femmes brisées par le chagrin. Harald est venu cependant leur apporter son aide et surtout des éléments d'information cruciaux. Oui, Mélisande a pu ingérer la mixture que lui avaient préparée sa mère et sa grand-mère. La racine de tue-loup utilisée en décoction a grandement fragilisé sa fonction cardiaque, la rendant vulnérable en situation de stress. Mélisande savait. Elle en avait accepté le principe. Tout sauf mourir brûlée vive.

— Mélisande était terrorisée. Je ne pouvais rien faire d'autre que de lui promettre ce que personne ne pouvait entendre ni surtout comprendre. Lorsque je suis redescendu du bûcher, elle était déjà morte. Ses yeux étaient devenus fixes et la bouche entr'ouverte. Sa tête avait basculé.

— Tu nous le jures ?

— Sur la croix.

Les deux femmes sanglotent et ne disent plus rien. Puis insensiblement, tous les trois se rapprochent, se prennent dans les bras.

— Vous n'imaginez pas ce que nous avons vécu. L'inconcevable est devenu possible. Je dois maintenant retourner dans le temps pour aller la chercher.

— Tu es fou.

— Priez. Moi je n'en suis plus capable.

Après une dernière étreinte, Harald se détourne. Son visage a changé.

— Il a faim : donne-lui à manger.

La vieille a deviné avant la mère. Celle-ci s'absente puis revient avec des provisions.

— Tiens. Prends ça. Tu ne dois pas avoir mangé depuis longtemps.

Il se saisit de la toile fermée contenant de grands morceaux de galette, remercie puis prend le chemin du retour sans un mot. Avant de disparaître, il se retourne une dernière fois, ébauche un vague signe. Les deux femmes, accrochées l'une à l'autre, n'ont toujours pas bougé.

*

La nuit est déjà tombée lorsqu'il atteint enfin le couvert de son abri sous roche. Le silence du lieu, l'obscurité baignant tout le massif, la verticalité des roches silencieuses semblant monter la garde sous le ciel étoilé, l'absence de signes de vie renforcent son sentiment de solitude. Personne au monde avec qui partager ce qu'il se prépare à vivre.

Harald est épuisé mais pas question de s'allonger. Il rassemble quelques branches, prépare un feu qui marquera son territoire face aux ténèbres environnantes. Il va s'y réfugier, s'enveloppant dans ce faible halo de lumière mouvante et rallume sa lampe à huile. Reprenant la transcription des derniers parchemins, il va en reprendre l'étude. Il n'a pas droit à l'erreur.

Les dernières informations décryptées ont été capitales. Elles ont livré les clés de la maîtrise des voyages : choisir le passé ou le futur, fixer l'écart entre les deux époques. Mais il doit être sûr. Puis il devra attendre, attendre la prochaine nuit de lune noire.

Trois jours plus tard.

— Bonjour Harald.

Frère Eustache est venu lui rendre visite. Il est arrivé en fin de matinée après une marche épuisante qui n'est plus de son âge. Mais il a tenu à garder le contact avec un être qui semble lui échapper. Un être qu'il est allé chercher, à qui il a offert une alternative à sa vie de misère, un être si proche encore il y a peu de temps. Il voudrait comprendre. Le jeune homme reclus a entendu de loin des pierres rouler. Il s'attendait à sa visite. Les documents ont été remis dans leur cache.

— Venez vous asseoir. Tenez : il me reste un peu d'eau.

— Tu as maigri. Manges-tu à ta faim ?

— Je descends dans la plaine tous les deux jours. On me donne volontiers.

— Où en es-tu Harald ?

Mentir. Harald se déteste.

— J'écoute le Seigneur. Il me guide. J'avance sur le chemin de ma vérité. Mais je dois attendre encore.

Le vieux moine donne des nouvelles de l'abbaye. Il dit que son jeune élève lui manque, qu'il a hâte de le voir revenir dans leur communauté. Monologue entrecoupé de silences. Harald ne dit rien.

Après avoir partagé les maigres provisions dont il dispose encore avec son visiteur, il insiste pour retourner à sa solitude.

Quand son vieux maître le quitte, il ressent au fond de lui une profonde tristesse. Cet homme l'a sauvé, instruit, guidé sur un chemin qui aurait pu être le sien. Et aujourd'hui, il le trahit d'une certaine façon. C'est pourtant sans hésitation que ses décisions ont été prises : s'isoler, planifier les étapes à venir, faire en sorte de pouvoir en maîtriser le déroulement. Cette nuit sera celle d'une nouvelle fracture du temps.

Adossé au rocher à l'entrée de la grotte, Harald laisse mourir le jour. La lumière décroît, les ombres émergent des vallons, rampent sur les versants gagnant vers les sommets. Après ces derniers jours de peur et de souffrance, une paix est descendue en lui. Le dénouement approche. D'une façon ou d'une autre, toute cette histoire ira jusqu'à sa fin. Mais une chose est sûre : Mélisande reviendra ou il n'ira pas plus loin. Il se perdra dans les replis du temps. Il ne reviendra pas.

La nuit est là. Harald se prépare. Les dernières écritures, comme les autres avant elles, n'ont pas donné toutes les informations. Où, comment cette nouvelle faille ouverte va-t-elle le faire voyager ? Il connaît les risques des incohérences spatio-temporelles. Il n'était jamais venu là, auparavant. Et puis, comment va-t-il accéder à lui-même dans ce passé revisité ? Il ne sait pas. Harald se relève : il est temps.

Il emporte la pierre qui vibre doucement et entreprend l'ascension de la colline rouge. Le rocher est là-haut. C'est par lui et non le monolithe de la plaine qu'il va tenter le passage. Bientôt, la pierre se met à vibrer plus fort. Il approche.

Quand elle se met à bourdonner, il est déjà entré dans la pulsation bleue que dégage la pierre. Il se tient à présent debout dans cette bulle luminescente pâle, face à la nuit, isolé sur ce sommet surplombant le massif, la mer et perdues dans le noir du côté du Levant, les îles et l'abbaye.

Étincelle infime dans l'infini nocturne. Tout se déroule alors comme au ralenti.

Vu de loin, perdu sur son sommet, sa minuscule silhouette auréolée de bleu se penche et s'allonge, dans la lumière, dos à la pierre. C'est ainsi qu'il devrait pouvoir revenir en arrière. Face à la pierre, le voyage l'aurait propulsé vers le futur. Puis, de la main gauche, il plaque la pierre au sol. La pierre contre la roche pour limiter le transfert à l'espace de son ancienne vie.

Avant de prononcer le mot, il repasse en mémoire tout ce qu'il a pu tirer des écrits du grimoire. Il s'est longtemps demandé à quel âge il allait réapparaître ? Trop jeune, tout cela ne rimerait à rien. Revenir juste après la mise en accusation de Mélisande aussi. Encore une inconnue.

Mais il n'en est plus là. Fermant les yeux, il se décide à prononcer le mot : « **OSMOS** »

17

Tout s'est brutalement éteint. Il est devenu sourd et a eu le sentiment que le rocher basculait dans le vide à une vitesse vertigineuse puis tout a disparu comme s'il n'avait jamais existé. Là-haut, tout s'est brièvement mis à vibrer. Un trou noir s'est formé, plus noir encore que le noir de la nuit et tout est revenu. Le temps a repris sa marche linéaire.

Quand il rouvre les yeux, il comprend tout de suite où il est revenu. Les hautes étagères de la bibliothèque de l'abbaye le dominent de leurs rayonnages chargés d'ouvrages. Il fait nuit. Une lampe tempête éclaire le plateau de la table. Tout le reste est dans l'ombre. Il est allongé sur le sol. Le passage vient de le ramener au moment même où il a découvert la pierre. Il se relève. Frère Eustache vient sans doute de le quitter. Il est seul. Est-ce vraiment cela ? Harald a hâte de vérifier. Pris brusquement de nausées, il vomit. Est-ce une particularité d'un retour vers le passé ou simplement le stress de ce qu'il est en train de vivre ? Il va devoir aller se reposer. Avant de rendre les lieux à leur solitude, il reprend l'incunable tombé sur le sol près de lui, y récupère l'étui contenant la pierre et le range dans le coffre. L'oublier ? Le détruire ? Il verra cela plus tard.

*

Le jour du grand marché, l'aube n'est pas encore levée. Harald se déhale déjà du bord et hisse la voile. Une légère brise lui permet d'amorcer la navigation vers Cannes, au-delà de la passe. Comme d'habitude, il emporte avec lui une liste d'achats qu'il va devoir effectuer pour le compte de l'abbaye mais le plus important n'est pas là. Il doit voir Mélisande… si elle est vraiment là-bas.

Le ciel a déjà bien blanchi du côté du Levant lorsque son embarcation vient s'échouer, finissant sur son erre sur la plage au pied de la colline. Mais il est encore tôt. La cueilleuse de plantes n'est pas là ou… pas encore arrivée. Un nœud se forme dans son estomac. Il va devoir attendre.

Les premiers rayons viennent rallumer les couleurs des hauts de la petite élévation lorsqu'elle apparaît enfin, portant ses sacs de toile remplis de ses récoltes. Le jeune moine soupire, soulagé enfin d'un doute qui le rongeait. Il ferme brièvement les yeux poussant un long soupir.

Quelques instants plus tard, « *assis face à Mélisande et son tapis de plantes, indifférent au tumulte du marché en plein air entre appontement et colline voisine, loin des cris des oiseaux et des*

cris des enfants, la chevelure fouettée, sous un ciel changeant, par un Levant chargé d'embruns, Harald a fait état de ce qu'il a appris du vieux grimoire.
— Et la pierre ? Où est-elle ? Tu l'as sur toi ?
— Non. Elle est avec le cartulaire. Je n'ai pas voulu dissocier l'ensemble du grimoire.
— Elle est tiède, dis-tu et elle vibre aussi ?
— Comme la roche à mandragore. Mais frère Eustache ne ressent, quant à lui, aucune vibration quand il s'en saisit. Pourtant elle vibre, je t'assure.

— Apporte-moi la pierre. Je te dirai si je la sens vibrer aussi. »

Il n'a rien prémédité. L'histoire se répète. Il ne voulait pas mais les paroles ont déjà été dites. Ici, tout est écrit d'avance. Il va devoir se méfier de tous et de lui-même. Pourtant, le moment venu, il faudra bien infléchir le cours des événements. C'est à ce prix qu'il va pouvoir sauver celle qui, de nouveau, est bien vivante et converse avec lui. Il la regarde. L'image du bûcher vient se superposer à elle.
— Harald, tu vas bien ?

Il lui sourit.
— Oui... Ne t'inquiète pas pour moi.

Attention ! Ne rien changer sauf l'inévitable... et le moment venu.

Les jours suivants, Harald découvre les particularités d'un retour dans le monde d'avant. Il s'est longuement questionné avant de prendre à nouveau un chemin de traverse. Comment les choses pouvaient-elles se passer de l'autre côté ?

Sous quelle forme physique pouvait-on se matérialiser lorsque l'on revenait à son propre vivant ?

Il sait maintenant qu'il n'y a pas de double mais que si le corps est le même, l'esprit est différent. Il est celui qui vient du monde d'après.

Passé, présent, futur. Tout se mélange. Il doit faire attention. Pour l'instant, il a l'impression d'habiter un corps qui fonctionne tout seul. Il n'a qu'à lâcher prise. Les actes, les paroles font partie d'une réalité déjà actée. Il se laisse guider. Mais il ne doit surtout pas se laisser surprendre par une vie qui, parce que déjà écrite, n'a pas besoin de lui.

Tout s'est passé la nuit. Allongé dans le noir, seul dans sa cellule de l'abbaye et le corps au repos, il laisse le champ libre à l'esprit qui prend alors la main. Cette nuit-là, il pense avoir trouvé.

... « *Muni de l'étui contenant la pierre, il était allé retrouver Mélisande. Avant de la lui montrer, il avait de nouveau vérifié, une nouvelle fois, la vibration qui, selon lui, en émanait.*

— Elle vibre.

La jeune herboriste avait relevé les yeux.

— Tu as raison. Elle vibre.

Ils s'étaient regardés, un vague sourire aux lèvres.

— Tu as vu sur la carte ?

— Il y a des régions que je ne connais pas. Mais je cherche. Je dois pouvoir trouver.

Harald a décidé. C'est là que les événements doivent basculer vers une autre réalité. Il lui faudra vivre ce retour sans elle.
— Tu me diras ?
— Comment faire autrement ?

*

Quelque chose a changé dans la marche du temps. Harald a ouvert un autre chemin induisant tous les autres. Mais, dans ce monde d'avant, les jours qui se succèdent continuent de l'emporter dans leur cours immuable. Il a décidé d'attendre celui qui dans le monde d'après, le sien, a vu s'ériger un bûcher près de la roche à mandragore. Pour être sûr.

En attendant, les rituels de sa vie ont repris. Ses relations avec frère Eustache ont retrouvé une normalité dont il goûte la paix avec beaucoup de joie. Ils ont détruit le vieux grimoire, c'était écrit, complètement cette fois-ci. Mais qu'importe pour lui. Il en connaît à présent tous les secrets. Mélisande continue sa vie de femme libre, aussi vive et enjouée que par le passé.

Le temps s'écoule. Harald guette le moindre indice. Mais force est de constater que rien de ce qui a déclenché le drame du bûcher n'existe, ici. Les jours ont dépassé celui où la « sorcière » aurait dû être brûlée.

Ce matin, Harald a pris la mer. Le vent d'Est qui souffle depuis trois jours a rameuté des troupeaux de grands nuages gris qui courent et se chevauchent vers le couchant. Les eaux de la rade de Cannes ont pris cette teinte métallique des jours de pré-tempête. Elles se sont hérissées venant frapper les plages de gifles incessantes. Mais, aujourd'hui, il n'a pas pu faire l'économie de cette traversée. Il voulait aller voir. Il arrive trempé de cette traversée. Le retour sera plus difficile si le temps ne s'améliore pas. Mais Mélisande est là comme à l'accoutumée.

— Harald, mais que t'arrive-t-il ?

Le jeune homme n'arrête pas de rire. Ce jour de grand marché, il a envie de prendre tout le monde dans ses bras. Il regarde Mélisande vendre ses productions, ses récoltes de la semaine. Il a réussi et il n'en revient pas.

— Qu'est-ce que j'ai ? Une tache sur la figure ? Pourquoi te moques-tu ?

— Je ne me moque pas. Je te regarde, c'est tout.

— Non. Tu te moques et tu ris de moi.

— Je t'assure que non.

Mélisande s'apaise.

— J'aime te voir ainsi. Qu'est-ce qui te rend si heureux.

— Tu ne peux pas savoir. Je te dirai... un jour.

— Quand ?

— Un jour.

— Et cela me concerne ?

— En partie. Je te dirai... plus tard.

Durant le jour, le ciel s'est assombri. L'abri de la maigre jetée ne suffit pas à protéger le petit port par vent d'Est. Les amarres ont été doublées pour les navires à quai. La barque de l'abbaye restera sur la grève. Harald quant à lui ira, comme cela est déjà écrit, dormir dans la grotte de Saint Honorat. Il en profitera pour achever sa quête. Rien ne changera au bout du compte sauf pour lui. Il sera le seul à savoir.

Les achats de l'abbaye ont été effectués et rangés sous des bâches au fond de la grande chaloupe. Personne n'y touchera. Qui oserait voler les moines de Lérins ?

Le jour finissant, une pluie insistante s'est mise à tomber et la tempête est là. Le tonnerre gronde déjà au loin. Harald a vérifié l'arrimage des toiles couvrant son chargement. La voile a été ferlée solidement sur la vergue, elle-même assurée à même le bordé. La nuit tombe. Il est temps de se mettre en route.

« *L'ombre s'est étendue rapidement à toute la basse vallée tandis qu'il s'éloignait, tournant le dos au large. Il s'est enfoncé dans la nuit et les marais fangeux, en direction de la colline rouge.*

Les éclairs sont venus frapper dans les collines à la fin de la pluie. Parfois, la brutalité des impacts de foudre le font sursauter. De brusques claquements de fouet réveillant les échos. Tous les sommets sont exposés. Harald ruisselle dans sa robe de bure. Ses pieds sont enflés dans ses espadrilles gorgées d'eau ». Mais la roche l'attend.

« *...Il s'est avancé au cœur de la lumière. Il a posé la main sur le rocher ardent. Tenant de l'autre main, la pierre bourdonnante, il a donné son nom : «* ***OSMOS !*** *» Le temps s'est fracturé instantanément, plongeant dans un noir absolu les lieux environnants... Puis tout est revenu à la normale. Le temps s'est refermé sur lui...* »

Il s'est retrouvé sur le promontoire rocheux posé en altitude, perdu en pleine nuit dans le massif rouge. Il était revenu. Pourtant, alors qu'il se redresse, une vague rumeur monte de tous côtés et l'incompréhensible se matérialise sous ses yeux : toute une infinité de lumières scintillant dans la nuit, une myriade de petites boules lumineuses blanches, orange, de plaques de lumière d'intensité différentes, certaines clignotantes. Des lumières partout : sur Terre, dans le ciel et même sur la mer.

Une colonne gigantesque se dresse vers le nord sur un sommet voisin. Les heures le séparant de l'aube sont meublées d'hypothèses improbables égrenées au fil du temps qui passe. Que s'est-il passé ? Enfin le jour se lève.

— Là-bas.

Il a tendu le bras en direction du large, d'un navire inconnu. Il a levé les yeux et, sidéré, suit du regard un étrange oiseau gris aux ailes immobiles laissant une trace blanche très haut derrière lui dans un ciel rosissant.

Bientôt des bruits de voix approchent. Le temps de se mettre à couvert, il note dans un étonnement sans borne le mitage de tout le paysage de petites taches claires de formes géométriques, se rejoignant le long du rivage en une plage ininterrompue. Une grande partie de la végétation qu'il a traversée pour venir jusqu'ici a disparu et jusque dans la plaine. Tout le jour, ayant compris, il se dérobe à ceux dont il entend la voix. Il est un étranger ici, un naufragé loin de son port d'attache.

18

Aymée, vient de rentrer de chez Simon. Son ami, professeur d'histoire à la retraite, passionné de lecture, lui a confié un livre hors norme par son histoire et par son contenu. Simon habite Cabris, un petit village perché au-dessus de Grasse et entretient des rapports de proximité avec les *Éditions du Rocher Bleu*, petite structure animée par une jeune équipe installée depuis peu dans le village. La décision de sortir ce livre a été finalement prise après de longs mois d'hésitation.

Ce 27 août 2018 au matin, Anaïs, jeune stagiaire arrivée un mois avant, découvre un étrange paquet ficelé dans une grande enveloppe kraft déposé devant l'entrée des locaux de la maison d'édition. Aucun nom, pas de titre. Un texte écrit en latin. Tout aurait pu s'arrêter là. Mais au lieu de mettre le paquet de côté, Anaïs, titulaire d'un master de lettres *Langues, Littératures et Civilisations étrangères et régionales*, prend l'initiative de traduire les trois premiers feuillets ; juste pour voir. Ce qu'elle obtient l'amène à en parler à Pascal, la quarantaine athlétique et

Bénédicte sa compagne, grande fille à peau claire et coiffures auburn exotiques – aujourd'hui un chignon fixé par deux crayons croisés – les deux cofondateurs de la petite maison d'édition.

— C'est écrit en vieux français. Et... ça parle de voyages disons... spatio-temporels. Une fiction dont le début est plutôt sympa. Tenez: voici les trois premiers feuillets.

Pascal et Bénédicte les consultent puis échangent un regard.

— Pas d'auteur : obliger de traduire. Trop long, trop cher. Vraiment, que veux-tu qu'on en fasse ?

— Rien, pour le moment peut-être, mais je peux l'embarquer et m'en occuper en dehors de mon temps de travail.

— Ça t'intéresse ? Ok, c'est bon. Vas-y.

Le soir-même, Anaïs rentre chez elle, l'enveloppe sous le bras. Elle a rejoint son logement à Spéracèdes, le village un peu plus bas. Pas de projet pour la soirée. Elle sort donc son vieux *Gaffiot,* son dico de latin, se prépare un gazpacho tomates, s'étire et s'accorde une demi-heure de détente en écoutant Ray Charles, *The Genius Hits the Road.*

Elle se laisse aller dans son canapé devant la porte-fenêtre grande ouverte sur le paysage. La vue sur la côte à cette heure est magnifique. Les premières ombres s'étirent dans la basse vallée de la Siagne, sculptant le relief des collines environnantes... La lumière décroît. La musique vient de s'éteindre. Il est temps. Anaïs va s'asseoir à sa table de travail.

Le jour s'est éteint, laissant la place à une obscurité apaisante. La lampe de bureau est allumée. Anaïs traduit toujours. Trois, cinq puis sept pages sont finalement traduites avant que la jeune fille ne se décide à arrêter. Elle se lève, songeuse. Tout se tient dans ce texte. Elle ira dès demain chercher sur Internet tout ce qu'elle pourra trouver sur le sujet.

*

De retour chez elle, le lendemain en fin d'après-midi, Anaïs se plonge dans ses recherches. Un site rapidement retient son attention.
https://lostpedia.fandom.com/fr:

« L'effet Casimir est une force attractive due aux fluctuations quantiques du champ électromagnétique dans le vide.

L'effet Casimir est expérimentalement vérifié en utilisant dans le vide deux plaques parallèles conductrices et non chargées. L'énergie entre ces deux plaques se calcule en tenant compte uniquement des photons dont les longueurs d'onde divisent exactement la distance entre les deux plaques.

Plus les plaques sont proches, moins il y a de photons pouvant exister entre ces deux plaques car sont exclus les photons dont la longueur d'onde est supérieure à la distance entre ces deux plaques. La valeur de l'énergie obtenue est donc négative par rapport à l'énergie du vide. On a donc une force attractive entre les deux plaques qui tendent à se rapprocher.

L'effet Casimir pourrait ainsi être utilisé pour produire une poche de matière à énergie négative, appelée 'matière exotique'.

En accumulant une telle matière, on peut en principe élaborer un trou de ver, car pour rester ouvert il requiert moins d'énergie que le vide quantique.

Un trou de ver est une connexion reliant un trou noir à un trou blanc situés à deux endroits différents de l'espace-temps, le trou blanc expulsant toute la matière absorbée par le trou noir. Traverser un trou de ver reviendrait donc à emprunter un raccourci menant d'un point de l'espace-temps à un autre. »

Wouah ! Décoiffant ! Mais peu importe en fin de compte la vérité en la matière. Elle retourne à sa traduction. Ce manuscrit est une vraie pépite.

— Allô, Pascal ? J'ai fini la traduction. Il faut que tu voies ça.

Durant le mois de septembre, après sa journée, Anaïs a occupé son temps libre à traduire le manuscrit. Un texte en français en a émergé. Énigmatique. Dans un style un brin désuet mais on ne peut plus clair. L'auteur y prétend avoir effectué plusieurs voyages spatio-temporels. Toutefois, le meilleur est ailleurs. Il dit s'être retrouvé piégé dans le présent d'ici. Il n'a de cesse de vouloir retourner dans le sien.

— Une fiction qui tient la route, je t'assure!

— Tu arrives quand, ce matin ?

— Neuf, comme d'hab.

— Je ne serai pas là mais montre ça à Bénédicte. On en reparlera cet après-midi.

Anaïs est arrivée à Cabris munie de sa traduction et de ses recherches effectuées sur le net. Peu importe leur véracité. Il ne s'agit que d'une fiction mais qui donne le change. Autre atout du manuscrit : la façon dont il a été écrit. En latin et dans un style suranné. Tout cela peut contribuer à créer un intérêt au-delà même de la matière narrative. Le livre pourrait attirer par son histoire avant celle qu'il raconte.

Toute l'équipe, cinq personnes en tout, repart le soir même avec un exemplaire de ce que vient d'amener Anaïs. Il est intéressant que chacun puisse se faire une opinion avant d'en débattre avec les autres.

L'actualité éditoriale éclipse un moment les échanges à son sujet. *Entre Var et Siagne,* l'ouvrage sur lequel tout le monde a travaillé ces derniers mois doit sortir.

La typologie des petits villages du moyen et du haut pays y est décrite en fonction de leurs localisations : sommets, versants ou plaine, ainsi que les raisons qui ont présidé à leur établissement, leurs fonctionnements et leurs interrelations. Cabris en fait partie. Synthèse du gros travail d'une équipe animée par deux jeunes responsables de la bibliothèque municipale, Jessica et Amandine. Sortie en libraire, promotion dans les médias. Les *Éditions du Rocher Bleu* tracent ainsi leur route dans le paysage littéraire régional durant l'automne… avant de revenir de nouveau au texte d'Anaïs. Chacun est prié alors de préparer son intervention.

La tenue d'une réunion de travail lui est consacrée. Moment important pour une petite maison comme *Le Rocher Bleu* dont la trésorerie est encore fragile. Il s'agit de bien cerner l'objet, d'en faire une analyse afin d'en apprécier l'intérêt éditorial. Car intérêt tout court il y a, tout le monde en est convaincu à des degrés divers cependant.

Plus pour les garçons surtout et Anaïs qui porte le projet que pour les autres filles. Les premiers arguments sont repris et validés. La façon dont le manuscrit leur est parvenu, la langue dans laquelle il a été rédigé, le bas latin, sont de nature à susciter une première curiosité.

Le sujet ensuite a toujours fait partie des fantasmes de la littérature de science-fiction. Il serait de ce fait possible de cibler un lectorat déjà existant bien que ce ne soit pas, a priori, un des créneaux habituels des *Éditions du Rocher Bleu*.

Le texte est court, moins de cent-vingt pages. Le risque financier est donc limité. Mais, et l'écueil est de taille, qui a écrit ce texte ? À qui faire signer un contrat d'édition ? Passer outre pourrait les exposer à d'éventuelles poursuites en revendication de « paternité ». Le projet n'est donc pas écarté mais mis provisoirement entre parenthèses, le temps de réfléchir à la façon de contourner l'écueil.

Cependant, en y réfléchissant, tout le monde convient assez rapidement qu'un texte déposé même sans le nom de l'auteur ni titre devant une maison d'édition ne demande, quelles que soient les circonstances, qu'à être publié. L'affaire est donc entendu mais encore ?

Les mois suivants sont occupés à finaliser la suite de *Entre Var et Siagne* : *Services publics et vies dans nos montagnes* raconte la mise en place des écoles et des postes, souvent dans de petits hameaux éloignés de la côte. Tende Granile en est l'exemple le plus frappant. Le succès de *Entre Var et Siagne* a permis la sortie de ce second ouvrage.

Dix mois ont passé depuis la découverte du manuscrit sans nom. Anaïs est partie à la fin de son stage pour un poste en CDD dans une grande librairie d'Antibes. Mais elle reste en contact. Il est temps de prendre une décision : celle de publier le fameux manuscrit sous le titre *Passeur: voyage entre deux mondes*. Ainsi la volonté cachée de son auteur aura été respectée.

Une préface fait le point sur les questions que l'on est en droit de se poser concernant l'arrivée de ce manuscrit devant les locaux du *Rocher Bleu* et sa lente gestation pour se muer en livre.

Et de fait, chacun peine à le classer par genre. La nature du récit inciterait à le cataloguer en science-fiction mais la particularité de son origine pourrait également le ranger parmi les ouvrages ésotériques. Simon, toujours à l'affût des nouveautés des *Éditions du Rocher Bleu,* en a acquis deux exemplaires : un pour lui, un autre pour son ami.

Aymée vient donc de rentrer chez lui. La matinée est déjà bien avancée. Laissant son exemplaire sur le coin du meuble dans l'entrée, il se rend dans la cuisine pour le repas de midi. Ce n'est que lorsque sa femme et lui se lèvent de leur petit banc au soleil, rituel immuable de la prise de café à l'extérieur après le déjeuner, qu'il s'en saisit à nouveau et s'installe au salon.

D'habitude, les préfaces, il n'aime pas d'entrée. Il préfère plutôt plonger directement dans le récit, quitte a posteriori à y revenir pour les besoins d'un complément d'informations. Mais Simon lui en a conseillé la lecture au préalable. C'est pourquoi, cette fois-ci, il n'en fait pas l'économie.

« D'où nous vient ce manuscrit ? Qui l'a écrit ? Pourquoi nous a-t-il été transmis ? Voilà maintenant près d'un an que ces questions se posent.

Mais également : pourquoi a-t-on omis de lui donner un titre ? Et pour quelles raisons a-t-on jugé bon de le rédiger en latin et dans un style dépassé depuis des siècles ? L'auteur de ce polar fictionnel a su, de cette façon, capter notre curiosité d'éditeurs avant celle, n'en doutons pas, de ceux qui plongeront dans ce récit ésotérique.

Sa qualité réside à notre avis dans le fait qu'il nous raconte une histoire que rien dans la littérature scientifique contemporaine ne permet d'infirmer. De plus, tous les éléments narratifs correspondent à une indiscutable réalité historique. Tous les fantasmes nous sont donc permis.

Pas de nom d'auteur donc et un titre qu'il nous fallait trouver qui puisse rendre compte de la nature de cette histoire. 'Passeur: voyage entre deux mondes' *nous a paru correspondre à la nature même des événements présentés ici. En effet, quand on parle de voyages, on pense changement de lieu ou voyages intérieurs. Nous dirons, là, qu'il s'agit de voyages extérieurs, en rapport avec une localisation géographique précise certes, mais sans changement de lieu. Nous n'en dirons pas plus.*

L'original de ce document est conservé dans nos locaux. Il a fait l'objet d'une traduction par l'une de nos collaboratrices, titulaire d'un master de lettres Langues, Littératures et Civilisations étrangères et régionales, Anaïs Douay. Son travail a été vérifié par un spécialiste de la faculté de Lettres, Arts et Sciences humaines Carlone à Nice, qui nous a également assuré de l'authenticité du phrasé obtenu après traduction qui pourrait tout à fait correspondre au XVIe siècle, époque durant laquelle se déroule ce récit.

Nous nous devions de porter à votre connaissance la particularité du contenu ce livre et des conditions très inhabituelles de sa publication. Nous supposons que son auteur attend sa sortie tout en tenant (mais pour quelle raison?) à rester anonyme. Sinon pourquoi nous l'aurait-il transmis ? Un jour peut-être daignera-t-il se faire connaître. »

Aymée lève les yeux un instant. L'image de sa petite-fille, Maëlys, se matérialise lentement devant lui. Son étrange histoire de l'an passé lui revient en mémoire. Une porte qui vibre, un passage vers un autre temps, des personnages aux prénoms moyenâgeux... Il tourne la page suivante.

« Je m'appelle Harald et j'ai vingt ans. Je suis moine convers à l'abbaye de Lérins. Nous sommes en 1523. »

Aymée pose le livre et se redresse. Il se frotte les yeux pris dans le piège d'un arrêt sur image. Le temps de se remobiliser, il reprend sa lecture. Non, il ne rêve pas. Harald, c'est bien le prénom qu'il vient de lire. Tournant rapidement les pages, il cherche alors fébrilement un autre prénom qui pourrait lui être associé. Et il ne tarde pas à le trouver quelques pages plus loin : Mélisande. L'ouvrage lui glisse des mains et chute sur le sol. Son regard se perd dans la formulation d'inconcevables conjectures. Harald et Mélisande !

Lorsque Maëlys est venue lui raconter son histoire au printemps de l'année passée, il n'a pu bien entendu la croire mais a eu soin de ne pas l'abandonner toutefois dans une sorte de fantasme dont il ignorait l'existence. Ses lectures peut-être ? Ou celles de ses copines ? Une sorte de rêve éveillé ?

Fidèle à la parole qu'il lui avait donnée, il a tout gardé pour lui mais en resserrant autour d'elle une surveillance bienveillante et discrète. Non, rien de bien alarmant. Les choses avaient eu l'air de rentrer dans l'ordre. Mais ce livre, cette préface explicative on ne peut plus explicite et maintenant les deux prénoms déjà donnés par Maëlys il y a plus d'un an !

Aymée ramasse son livre, va s'asseoir, le rouvre, en lit les premières pages. Pas de doute : le livre raconte la même histoire que Maëlys. Après

un petit temps de réflexion, il le repose et se saisit de son portable.
— Allô, les *Éditions du Rocher Bleu*? Je suis Aymée Bayou. J'habite Pégomas. Je vous appelle au sujet de ces deux prénoms dans votre livre *Passeur: voyage entre deux mondes*: Harald et Mélisande... Oui.... Il m'a été donné d'en entendre parler il y a plus d'un an... Oui... par ma petite fille... C'est ce que j'allais vous proposer... Demain matin, si cela vous convient... Dix heures, je suis d'accord... Oui, je connais la route. C'est ça... Alors, à demain. Il raccroche. Peut-être aurait-il intérêt à monter avec Maëlys ? Finalement non. Autant la laisser en dehors de tout cela le plus longtemps possible.

*

La rencontre a lieu à l'heure prévue dans la salle que tout le monde, ici, nomme la forge. On y effectue des études, pratique des échanges, opère des choix, élabore des stratégies. On y « forge » des concepts éditoriaux. Le cœur de la maison bat entre ces quatre murs.

C'est ici que l'on vient partager les moments de doute, de réussite et surtout de détente. L'atmosphère y est chaleureuse. Les cloisons ont gardé les vibrations de toutes les émotions passées. Aux murs jaune-orangé, toutes les affiches de promotion et de festivals jalonnant l'activité de la maison depuis sa création. Une seule fenêtre donnant côté Est sur le ciel, une fois assis, afin de ne pas distraire les regards. Pour le paysage, il faut se lever et se rapprocher. Une grande table ronde ayant déjà beaucoup vécu trône au milieu de la pièce portant de nombreux stigmates de travaux antérieurs : gribouillages ou traces de peinture.

Quelques sièges dépareillés. Chacun a amené le sien. Un très vieux meuble bas trouvé dans une brocante par Bénédicte occupe le fond de la pièce sur lequel on a posé une bouilloire et deux machines à café. Une traditionnelle avec filtre en papier pour les consommations à volonté, une Nespresso pour les moments de méditation et d'intense réflexion. Deux plaques chauffantes pour ceux qui souhaiteraient s'amener à manger, un poste de radio pour les infos et la musique et... le tam-tam.

Le tam-tam est un antique lecteur de cassettes des années soixante destiné à rameuter l'équipe. Chacun y a enregistré deux signaux qui lui sont personnels.

Un signal d'alerte pour un rassemblement d'urgence, un autre pour un regroupement dans l'heure. Le premier musical, le second vocal. Ainsi Pascal a-t-il choisi pour le premier la sirène de plongée des anciens sous-marins de la Deuxième Guerre mondiale et pour le deuxième, l'appel à la prière du muezzin. Ce matin, l'appel à la prière a donc résonné dès neuf heures du matin.

Aymée est arrivé légèrement en avance. Une tasse de café Nespresso l'attend dans la forge où se trouve réunie l'équipe au grand complet.

Cinq minutes suffisent à chacun pour se présenter et échanger les banalités d'usage. Mais rapidement, Aymée est invité à faire le point sur ce qu'il a à dire.

— Deux choses m'ont finalement troublé dans ce que je viens de vous raconter. L'incompréhension manifeste de ma petite fille lorsqu'elle a compris que je ne voyais pas ce qu'elle tenait pour une évidence.

Je vois encore son geste mimant la manipulation d'une poignée de porte devant un mur manifestement vide. Et puis la pierre ! Impossible de la détruire ou de la faire disparaître. J'ai dû me résoudre à la jeter en mer. Maëlys a finalement décidé d'éviter de passer par le couloir de la salle des profs afin de ne plus risquer de revoir cette porte.

— Vous avez lu l'intégralité du manuscrit?

— Cette nuit. D'une seule traite.

— Vous avez donc remarqué que votre petite fille a commencé à « voir » cette porte après qu'Harald en a fait état dans son récit.

— Effectivement.

Un silence s'installe. Pascal se lève et va chercher de l'eau pour préparer du thé, ce qu'apprécient Bénédicte et Marie-Claude, la maquettiste, en milieu de matinée.

— J'ai peut-être une idée.

Chacun se tourne vers Marie-Claude.

— Avez-vous déjà entendu parler des jeux de rôle ?

— Euh, oui. Mais vas-y, continue.

La bouilloire commence à faire entendre son chuintement particulier. Chacun se tait.

— Bon. Pour faire simple, il s'agit de faire vivre dans la vraie vie des personnages fictifs créés dans un scénario élaboré par un maître du jeu. Chaque joueur endosse la personnalité de son personnage et le fait évoluer à sa guise mais toujours sous le contrôle de celui qui a écrit l'histoire. Ces histoires font d'ailleurs souvent références au Moyen-Age. On peut le pratiquer dans des lieux différents mais les personnages restent toujours fidèles à leur personnalité.

Célestin, l'informaticien de l'équipe se tourne vers Pascal.

— J'en prendrais bien un moi aussi.

— Quelqu'un d'autre ?

De nouveau un silence, brisé bientôt par Aymée.

— J'entends bien. Je doute, cependant que de telles activités soient pratiquées par des mineurs en dehors de la surveillance de leurs parents. Hors, ma fille et son mari ne sont absolument pas au courant de tout cela.

— Une chose semble quand même acquise. Harald et Maëlys se connaissent. Chacun parle de l'autre.

Aymée se laisse aller en arrière contre le dossier.

— Dès demain, j'en parlerai à ses parents. L'affaire est trop particulière. S'il y a affabulation, ce sont eux qui pourront au final nous le dire. Et puis cet Harald, on ne le connaît pas Autant prendre toutes les précautions.

— En l'absence de signe de sa part, votre petite-fille est en tout cas la seule qui puisse nous éclairer sur ce qui se passe vraiment. Je...

À ce moment, la sonnerie du portable de Pascal se fait entendre.

— Allô ?.... Lui-même... Pardon ?

Il enclenche immédiatement le haut-parleur.

— Vous pouvez répéter ?

Les paroles résonnent alors étrangement parmi les personnes présentes.

— Bonjour. Je suis Harald.

19

L'échange téléphonique a été court. Harald dit ne s'être manifesté qu'après avoir constaté la publication de son manuscrit. Un rendez-vous est donc fixé pour la fin de semaine, dans les locaux de Cabris. Trois jours à attendre.

— Je descends chez mes enfants. Nous allons faire le point. Voir entre autres si Maëlys accepterait de revenir avec moi.

— Ce pourrait être en effet une bonne chose.

Bénédicte, chargée de la communication et de l'événementiel, a ouvert un dossier dans lequel les premiers éléments d'information vont être consignés pour les radios locales, la télévision, la presse écrite. Célestin a fait de même pour une mise en ligne sur internet. Mais il est encore trop tôt. Il faut attendre.

L'heure du rendez-vous a été intentionnellement fixée à dix heures trente par Pascal afin de proposer à Harald de rester manger avec eux. Le partage d'un repas relâche les crispations et permet d'aller parfois un peu plus loin dans les confidences. Il met en confiance et peut rendre les convives plus complices.

Maëlys et ses parents ont accepté le principe d'une invitation pour la jeune fille. Celle-ci est littéralement tombée des nues. Mais dans ce nouveau contexte, elle est curieuse et surtout impatiente de vivre cette rencontre.

Une heure avant le rendez-vous, l'Ode à la joie de la neuvième symphonie de Beethoven interprétée par le Chœur et la Maîtrise de Radio France, choisie par Bénédicte pour le tam-tam, a retenti dans les locaux, rappelant à tous le prochain rassemblement.

Aymée est arrivé avec sa petite-fille à dix heures afin d'avoir le temps de rencontrer l'équipe avant. La bouilloire a déjà fait entendre son chuintement. Les réserves d'eau des deux cafetières ont été remplies. Une table a même été réservée au *Petit Prince*, un restaurant dans le village. Il fait doux. Tout le monde est sorti et attend sur le trottoir. Un léger vent assure la circulation de quelques nuages aventureux dans un ciel bleu. Attente...

Dix heures trente. Un vieux combi Volkswagen bariolé se gare devant les bureaux de la maison d'édition. Un géant blond en sort, yeux bleus, tignasse hirsute tombant sur les épaules, une barbe incertaine lui mangeant le bas du visage. Portant sabots suédois aux pieds, l'homme a revêtu une ample salopette de velours élimé, aux poches largement défoncées par d'anciennes charges manifestement trop ambitieuses, sur une chemise-blouse à col ouvert et manches retrous-

sées. Se voyant attendu, il s'arrête, ouvre les bras et dans un grand sourire reprend comme trois jours avant
— Bonjour, je suis Harald.

La voix est caverneuse mais non dépourvue de notes chaleureuses. Maëlys, s'est collée à son grand-père et dans un souffle.
— Mais non. Ce n'est pas lui.

Le géant blond a entendu. Il se met à rire.
— « Je suis Harald », comme des millions de Français ont pu dire en leur temps : « je suis Charlie ». Ma démarche est la même : empathie, identification même, soutien et accompagnement. Car quelque part, je me sens coupable vis-à-vis de lui. Non bien sûr, je ne suis pas Harald. Je m'appelle Marc Gadet, prof de SVT au collège Léonard de Vinci de Montauroux.

Puis s'adressant à Maëlys :

— Je ne te connais pas, jeune fille, mais si tu es Maëlys, Harald m'a plusieurs fois parlé de toi. T'aurais-je enfin trouvé ?
— Vous connaissez donc Harald ?

Ignorant la question, le géant blond semble alors se déconnecter. Son visage se ferme. Un énorme soupir gonfle son torse et c'est sur le ton du reproche que, relevant les yeux, il s'adresse à présent à ceux qui l'accueillent.
— Pourquoi avoir attendu si longtemps pour publier ce texte ? Harald est en mode survie. Il n'attend qu'une chose : rentrer chez lui.
— Mais enfin ne nous dites pas que tout cela...
— Si !

Pascal, le rationnel, s'est avancé d'un pas.

— Je ne vous crois pas. Il s'agit d'une farce, d'un canular et pour nous, éditeurs, d'une fiction originale, certes. C'est à ce titre que nous avons sorti le livre.
— Alors, vous n'avez rien compris ? Maëlys, tu ne leur as pas raconté ?
— Mais... si. À mon grand-père.
— Et moi, il a fallu que je lise ce livre pour faire le lien entre l'histoire qu'il raconte et celle de ma petite-fille.

Bénédicte frappe dans ses mains.
— Bien. Ne restons pas sur le trottoir. Nous serons mieux à l'intérieur.

Une bonne odeur de café les accueille dans la forge. Chacun s'assoit sur son siège attitré. Celui de Célestin, un tabouret suédois qu'il enfourne à la manière d'un cavalier en venant poser les genoux sur un reposoir plus bas attire un moment un regard de sympathie du professeur de SVT. Un vieux fauteuil en cuir trône, au milieu, devant le meuble bas, inoccupé. Il y prend place. Son regard s'est évadé. Se massant le visage, il cherche le meilleur angle d'attaque.
— Bon. Le mieux est que, d'entrée de jeu, je dissipe vos doutes. Oui, les portes spatio-temporelles existent. J'en ai vu au moins une. Et oui, Harald n'est pas de notre monde. Il doit rentrer chez lui.

Devançant d'un geste de la main les remarques, il poursuit.
— Je ne vous demande pas de me croire sur parole mais de venir voir avec moi.
— Voir quoi ?

— La porte.

Chacun le dévisage, incrédule.

— Oui, je sais. Moi, aussi j'étais comme vous. Mais maintenant que Maëlys est là, je pourrai vous montrer.

— Maëlys ? Pourquoi elle ?

— Parce que, comme Harald et Mélisande, elle fait partie de ceux qui activent les portes : les passeurs.

Pourquoi certains en font partie et pas les autres ? Mystère. C'est ainsi. Mais ils ont cette capacité à détecter les vibrations. Car les portes sont de nature vibratoire. Le support de la porte, un monolithe en l'occurrence, possède cette propriété ainsi que la petite plaque noire qui en est la clé...

Marc s'est arrêté devant le scepticisme ambiant. Il soupire, ferme les yeux.

— Oui, je sais ! Mais laissez-moi poursuivre. La porte est activée lorsque le passeur se présente face à elle avec la pierre en main. Les vibrations se mettent alors en phase et entrent en résonance. La porte s'éclaire d'une lueur bleue. C'est ce que nous allons voir. La pierre, la clé, de son côté, se met à bourdonner. À ce moment alors, le passage est ouvert. La petite plaque toujours en main, le passeur touche ensuite la roche et rajoute un dernier train de vibrations produit en prononçant un mot : « Osmos ».

Personne ne dit mot. Chacun regarde Marc. Celui-ci s'est interrompu mais il a commencé. Il doit aller au bout. Le ton, à présent, se veut persuasif.

— J'ai vu la roche irradier la lueur bleue. Je possède la clé. Harald me l'a confiée. Quand, tout cela s'est-il passé ? Je termine l'histoire.

Chacun se recale dans son siège attendant la suite.

— Avant de commencer, Marc, est-ce que tu restes manger avec nous ? On peut se tutoyer ?

Le géant blond sourit, une mimique ironique aux lèvres.

— OK. Je suis végétarien.

— Personne n'est parfait. On pourra faire avec.

Bénédicte se lève et va téléphoner.

— Sympa. J'ai bien fait de venir.

Son regard balaye et fait un tour de table.

— Je vois ! C'est pas gagné. Vous m'avez l'air pourtant de faire une bonne équipe.

— Mieux que ça, tu n'imagines pas. Mais vas-y. On t'écoute.

Marc s'étire en baillant et après avoir fourrager dans son imposante crinière finit par se lancer.

— J'ai rencontré Harald, il y a un peu plus d'un an. En dehors de mes heures de cours, je suis souvent à l'extérieur afin de repérer des sites de visite pour mes classes, étudier la flore locale, la faune, les différents minéraux. Pour mon plaisir aussi. Ce jour-là, je venais de gravir le Cap Roux, juste pour le spectacle. Grandiose ! Vous connaissez ?

Et sans attendre de réponse.

— J'étais sur le retour. Je monte toujours par l'Ouest, du côté du rocher Saint-Bathélémy, et redescends du côté de Cannes, face aux îles. Le sentier fait le tour par le Nord et passe au pied de la grotte de l'ermite. C'est là que je l'ai entendu. C'était un gémissement plus qu'un appel. Ça venait de la grotte. Alors, je suis monté. En fait, je n'étais pas sûr d'avoir bien entendu.

Mais Harald y était, à terre, prostré, amaigri. Plus tard, lorsque je l'ai mieux connu, je me suis dit que s'il avait finalement décidé d'appeler à l'aide ce jour-là, c'est qu'il s'était senti mourir. Et de fait, il revient de loin.

Le récit fictionnel s'éloigne. D'autres images émergent, de toute autre nature. Un corps vaincu, à l'agonie.

— Je me suis dit quelques secondes qu'il était la réincarnation vivante du moine Saint-Honorat. Il en avait l'habit. Il était totalement déshydraté et surtout dénutri. J'ai appelé les secours. Lorsqu'ils sont arrivés, il a fallu faire en sorte qu'il accepte l'idée de quitter la grotte. Il s'accrochait à ce lieu avec l'énergie du désespoir. J'ai dû lui promettre de le ramener le plus rapidement possible. Promesse malheureusement non tenue à ce jour. Je n'ose imaginer encore comment Harald a dû vivre tout ça.

— Où est-il aujourd'hui ?

— Aujourd'hui ? Que fait-on aujourd'hui des gens qui ne rentrent pas dans les cases ? À votre avis ?

— ...

— Hospitalisation sous contrainte. C'est comme cela que ça s'appelle. Autrement dit : internement. Ah, oui ! Si j'avais su !

— Mais pourquoi ?

— Lors de son intervention, le médecin des secours d'urgence a demandé un placement en milieu hospitalier. Mais les propos incohérents d'Harald à ce moment l'ont amené à privilégier un établissement psychiatrique. L'hospitalisation peut être demandée par un médecin extérieur à l'établissement en présence d'un péril imminent, c'est-à-dire en cas de danger immédiat pour la santé ou la vie du malade et s'il est impossible de recueillir une demande d'admission d'un tiers. Ce qui était alors le cas. Il a donc rédigé son certificat en ce sens.
— Mais on ne peut maintenir les gens indéfiniment ainsi !
— Si. L'hospitalisation complète se poursuit au-delà de 12 jours sur autorisation du juge des libertés et de la détention, saisi par le directeur de l'établissement.
— Donc depuis un an…
— Enfin, non. Pas tout à fait. Dans l'intérêt de la personne, le directeur de l'établissement peut le faire bénéficier de sorties de courte durée. Douze heures maximum. C'est ce qui m'a permis d'obtenir pour lui quelques sorties à la journée sous ma responsabilité. Je n'étais pas un tiers habilité mais c'était moi qui l'avait trouvé et en quelque sorte sauvé. De plus, ma présence avait le don de l'apaiser. Il sortait alors de sa prostration et tentait de m'expliquer.
— De t'expliquer quoi ?
— La porte.

Pascal a secoué la tête.

— Mais bien sûr, Marc ! La porte. Et où es-tu allé chercher tout ça. C'est toi l'auteur du manuscrit ?

L'autre croise les bras, légèrement excédé.

— Je ne connais rien au bas latin, ni au latin classique d'ailleurs.

Puis, enfonçant le clou :

— Ce soir. Vingt et une heures. Prévoyez une petite laine. Il fait un peu frais là-haut sur le coup de minuit. Rando nocturne pour les sceptiques. Qui vient ?

— Tu nous dis avoir vraiment vu cette... porte ?

— Alors, qui vient ?

Bénédicte dévisage tout le monde puis revient à Marc.

— Nous tous, bien entendu.

— J'emmène mon Nikon.

Célestin, l'archiviste s'est exprimé à mi-voix, comme pour lui-même.

— Inutile jeune homme. Aucune pellicule, aucun support magnétique ne fixe ce genre de phénomène.

Pascal s'est levé et arpente la pièce à pas lents.

— Donc, Résumons. Tu proposes de nous montrer cette nuit, un phénomène dont on ne peut obtenir ni une image ni une trace : la manifestation de l'existence de... la porte... Mais pourquoi à nous et maintenant ?

— C'est à vous que j'ai transmis le manuscrit d'Harald. Il me fallait lui donner la possibilité d'être lu par le plus grand nombre, donc d'être publié. Nous pouvions de cette façon espérer retrouver celle qui connaissait l'emplacement de la deuxième porte.

— Une deuxième porte ? Mais la première ne suffisait-elle pas ?
— Elle ne fonctionne plus. Harald connaît l'existence de cette deuxième porte parce qu'il l'a déjà empruntée. Impossible cependant pour lui de la localiser aujourd'hui. Tout a changé depuis... Maëlys ?

Cette dernière se retrouve soudain au centre de l'attention générale. Elle se tasse un peu.
— Heu .... Oui, je sais. Dans le couloir menant à la salle des profs, dans mon collège.

Marc se fend alors d'un énorme sourire.
— Harald m'a dit aussi que tu l'avais utilisée ?

Sa voix est devenue murmure.
— Heu... oui.
— Tu vas nous raconter.

Étrange repas, ce jour-là au *Petit Prince* que cette assemblée d'adultes écoutant attentivement le récit d'une jeune adolescente. Récit entrecoupé de questions afin de préciser des lieux, des circonstances.

Pascal guette la faille, traque les incohérences. Mais au fil du repas, l'incrédulité fait peu à peu place au doute.
— Alors ce soir, vingt et une heure sur le parking de Théoule au niveau du feu rouge. On est d'accord ? Prévoyez des frontales.

*

La mer toute proche impose dans le noir sa présence immobile. Murmures sur la plage et le long des rochers. Vibrations des lumières qui se reflétent, tout le long de la rade dans une eau couleur d'encre. L'air est frais. Légère brise de terre. Le ciel est gigantesque, insondable. Tout le monde est venu.

Marc accueille les arrivants. Vêtu d'une large veste à capuche en poils de chèvre se nouant à l'aide de lacets sur le devant, il a gardé sa salopette mais troqué ses sabots contre une solide paire de chaussures de marche. Bonnet norvégien sur le crane, il a l'air d'un géant débonnaire tout droit sorti d'un conte de Grimm. Il a l'air impatient.

Un convoi de voitures se forme emmené par le combi Volkwagen. Vingt minutes plus tard, tout le monde se gare au pied du rocher Saint Barthélémy. La colonne se forme et s'engage sur le sentier montant. Bruits de pierres roulant sous les semelles. Peu de mots dans la nuit. Isolé dans la boule mouvante de son éclairage individuel, chacun attend la suite. Seuls Maëlys et Marc peuvent à ce moment l'anticiper.

Le groupe s'est arrêté au col, cent cinquante mètres plus bas que le point sommital.

— Dans un moment, je confierai la petite plaque noire, à Maëlys. Vous l'avez tous tenue en main. Personne n'y a senti la moindre vibration. Elle seule ce soir a donc le pouvoir d'ouvrir la porte. Harald l'a ouverte de la sorte, devant moi, un nombre incalculable de fois mais sans jamais pouvoir la traverser. Il m'a dit ne plus sentir la vibration du rocher. Il s'est longtemps interrogé à ce sujet. Un orage grondait la nuit de son dernier passage. Alors un impact de foudre peut-être ?

Sans doute. La porte est devenue inutilisable. Je n'ajouterai rien. À vous de voir maintenant.

Une heure plus tard, tout le monde est en place. Marc vient de confier la pierre à Maëlys.

Ceux qui ont regardé l'Estérel cette nuit-là auront eu l'impression d'apercevoir une faible luminescence bleu pâle, pulsatile, au sommet du cap Roux. Illusion d'optique ? Éclairage d'un bivouac de campeurs, d'une rando nocturne ? Après quelques instants de réflexion, ils se sont détournés et ont pensé à autre chose.

20

Il avait fini par entrer en désespoir. Un désespoir sans fond. Toutes ces années à attendre, à se sentir devenir vieux, sans savoir si, un jour, il pourrait revenir. Lui, le passeur, l'auteur du grimoire de l'abbaye de Lérins ; lui, le Mage noir.

À l'époque, lors de ses longues veillées dans la bibliothèque, isolé dans la nuit et dans la solitude de ce grand bâtiment tapi sur ce morceau de terre face aux mystères du large, il avait découvert un texte étrange écrit sur un rouleau de peau de mouton serré autour d'un long bâton de bois noir. La curiosité l'avait emporté et il s'était mis à le restaurer, patiemment, curieux de pouvoir déchiffrer un jour son enseignement. Patiemment, il avait réussi à l'étirer et le remettre à plat en épargnant le texte que l'on avait tracé dessus.

Il s'agissait de grec ancien. Sa traduction lui avait pris un certain temps. Plusieurs mois, tard le soir, de travaux solitaires. Ses connaissances en langues anciennes lui avaient permis de récrire les inévitables passages effacés par l'usure du temps. Et le message décrypté l'avait petit à petit littéralement fasciné. Le rédacteur de ce document décrivait la façon de voyager dans le temps. Il concluait en demandant à qui trouverait son document de le transmettre tout en le protégeant du commun des mortels.

Seule, une élite parmi laquelle quelques individus, les passeurs, auraient accès à ces passages. L'origine de ces connaissances n'était cependant pas révélée. Et insensiblement, frère Hermant était devenu le Mage Noir.

La porte du récif au milieu du golfe derrière la grande île avait été pour lui son passage vers d'autres mondes. Chaque nuit de morte lune, il détachait la barque de son amarrage à l'abri dans la passe et se rendait sur le rocher vibrant émergeant au milieu des eaux. Il en était revenu chaque fois avec une connaissance de l'avenir qui lui avait permis d'asseoir un véritable pouvoir sur ces contemporains.

Le Mage Noir était devenu à son époque un homme craint et respecté. Jusqu'au jour où lors d'un voyage la pierre noire lui avait été dérobée. Il s'était alors retrouvé piégé hors de son époque et sans retour possible. Qui avait pu, avait eu intérêt à lui prendre la pierre ? Il avait fini par le comprendre en constatant la ressemblance entre la pierre et un petit appareil de cette époque servant à communiquer à distance : un téléphone portable. Il n'en avait pas assez vite pris conscience sinon il se serait méfié. Depuis, il avait dû survivre. Il avait pris la mesure de l'ampleur de ce dernier voyage: de 532, il s'était retrouvé en 1993.

À son époque, il avait rejoint frère Nazarius sur l'île. Mais à l'inverse de celui qui deviendrait plus tard Saint-Nazarius, il avait découvert le rouleau, l'avait traduit, s'éloignant peu à peu de la foi chrétienne mais sans en assumer les conséquences. Il était resté frère Hermant.

Et tandis que frère Nazarius, quatorzième abbé de Lérins, s'attaquait avec succès aux vestiges du paganisme en détruisant notamment un sanctuaire de Vénus près de Cannes, frère Hermant dans son ombre écrivait son histoire.

Survivre en 1993 pour quelqu'un comme lui, avait été un défi hors du commun, adossé à un refus absolu de disparaître ainsi. Il avait dû mendier et dormir dans la rue. Mais il avait aussi appris la langue de l'époque issue de son parler à lui. Son aptitude à appréhender de nouveaux langages l'avait considérablement aidé.

À force d'y réfléchir, il en était venu à penser que son seul espoir de retrouver un jour le monde qu'il avait déserté serait de repérer quelqu'un qui, comme lui, aurait franchi les portes. Et pour cela, il devait en détecter le signe. Il avait découvert alors, avec stupéfaction et compris la place des informations dans son époque-prison et s'était mis à les suivre. Les journaux qu'il pouvait ramasser lorsqu'on les avait lus. Il avait également hérité du vieux transistor d'un SDF décédé une nuit juste à côté de lui.

Le temps, le doute, la peur de finir dans un repli du temps qui n'était le sien, l'avaient ratatiné. Sa peau était devenue sèche, sa posture voûtée. Ses traits s'étaient creusés. Mais inlassablement, il avait épié, surveillé, traquant la moindre information. Et puis un jour...

Le titre d'un ouvrage sorti récemment l'avait interpellé : *« Passeur: voyage entre deux mondes »*. Dans l'édition du journal local *Nice-Matin* de la veille, il en avait découvert le résumé et compris qu'il avait là sa propre histoire mais sous un autre nom : Harald. Moine à Lérins, comme lui.

Sa traduction avait donc été exhumée du coffre où il l'avait enfouie, recopiée sur un vieux palimpseste. Il avait tout noté. Le titre, la maison d'édition et surtout le jour de la présentation de l'auteur enfin dévoilé.

Cette opération de communication pour un récit présenté de fiction avait été conçue afin de montrer aux autorités médicales et surtout préfectorales qu'étant l'auteur d'un manuscrit remarqué par le milieu littéraire, Harald était bien en mesure d'appréhender correctement la cohérence d'événements divers et donc de revenir à terme à une autonomie largement suffisante.

Le sujet de ses écrits pouvait même à leurs yeux, apparaître comme une sorte de débriefing de ce qu'ils avaient jusque-là interprété comme un délire sectaire. Il avait donc sur les conseils de Marc cessé d'invoquer sa vérité ayant compris qu'il se fourvoyait obligatoirement.

Restait cependant un écueil de taille. Pour les autorités, Harald était un inconnu. Il n'avait pas d'identité. La décision avait donc été prise de le garder sous surveillance, avec obligation de se présenter régulièrement à un poste de police mais sa liberté de mouvements risquait d'évoluer très favorablement. L'internement sous contrainte n'avait plus de raison d'être.

*

Maëlys est montée avec son grand-père à Cabris pour une improbable rencontre : celle d'une gamine de quatorze ans, élève de quatrième avec un jeune religieux de vingt ans ayant vécu plus de cinq cents ans avant elle. Une rencontre faisant écho à celle ayant déjà eu lieu en 1523 entre eux, dans un massif côtier sculpté durant des millénaires dans un granit rouge et comme un trait d'union entre ces deux époques. L'Estérel.

L'angoisse et l'incrédulité avaient voyagé de l'un à l'autre. Mais à présent tout avait changé. C'était une joie immense de pouvoir enfin se voir, se parler et ne plus avoir peur. Chacun savait maintenant ce qui était arrivé, comment les événements s'étaient succédé. Chacun écouta le ressenti de l'autre, complétant par là même le souvenir de son voyage.

Ils se regardèrent encore, se sourirent et se prirent les mains.

— Maëlys, tu vas vivre deux fois : ici bien sûr mais aussi avec moi en 1523. Je t'emmène dans mes pensées et l'histoire que je partagerai un jour, là-bas, avec une jeune cueilleuse de plantes.

— Mélisande.

— C'est cela. Je lui raconterai, car tu fais désormais partie de notre histoire. Grâce à toi tout va rentrer dans l'ordre.

Maëlys s'était approchée encore. Il avait ouvert les bras... Ils s'étaient retrouvés, sans crainte cette fois dans les replis du temps.

Lundi, 8h30 – Cabris

Les *Éditions du Rocher Bleu* ont réuni le gratin des médias d'information locaux. La forge est comble. De nombreux correspondants, journalistes, pigistes, free-lance entrent et sortent en permanence. Deux cameramen flanqués d'un porteur de micro tentent de se frayer un passage dans la foule. Quelques flashs crépitent. On parle fort, on s'interpelle. Quelques rires émaillent le fond sonore de cette foule active. Quelques-uns s'éloignent sur le trottoir afin de passer un coup de téléphone.

Harald signe des exemplaires, serre des mains, dûment encadré par Marc et Pascal. De courtes interviews se succèdent. Les réponses ont été calibrées la veille. Un buffet et des flyers sont en libre-service sur le vieux meuble bas et sur des tables un peu partout à l'intérieur. Célestin mitraille l'assemblée. Bénédicte et lui travailleront tard ce soir afin de mettre en ligne le compte-rendu de cette journée.

Pour le Mage noir, maintenant c'est quitte ou double. Deux solutions s'offrent à lui aujourd'hui :
- Opérer un retour vers le passé en compagnie d'Harald mais, à ce compte, il ne retournerait pas

chez lui et surtout garderait l'âge auquel il est parvenu ici.
- Subtiliser la pierre à n'importe quel prix et effectuer seul le retour qu'il aurait dû pratiquer quelque trente ans plus tôt. À cette condition seulement, il retrouverait alors son âge et sa vie de Mage noir, en 532.

Il observe le va-et-vient devant les locaux des *Éditions du Rocher Bleu*. Toute la matinée, il repère les lieux. Il attend, posture ancrée en lui depuis de si longues années. Et puis l'événement tire à sa fin. La foule s'éclaircit. Quelques portières claquent. Une dernière interview. Chacun regagne la forge pour un dernier café et commencer à ranger.

Harald s'attarde un moment sur le trottoir, sonné par ce qu'il vient de vivre, mais heureux surtout de sentir enfin que les choses se remettent à bouger. Il va bientôt rentrer chez lui.

Quelqu'un s'avance à sa rencontre. Un dernier solliciteur sans doute. Il amorce un sourire et tend la main pour l'accueillir. Le geste est instantané et d'une rare brutalité. La lame s'enfonce profondément dans le corps d'Harald qui s'effondre.

Le rugissement de Marc, sorti quelques instants plus tard pour venir le chercher réveille tous les échos des rues du village. Trois quart d'heure plus tard, il est en compagnie d'Harald dans l'ambulance, fonçant toutes sirènes hurlantes en direction de l'hôpital de Grasse. Mais trois heures plus tard :
— Allô, Pascal?

— Marc ?
— C'est fini.
— Non... Ce n'est pas possible.
— Il vient de décéder.

De son côté, le Mage noir exulte. Enfin ! Il vient de récupérer dans le petit sac en toile pendu à la ceinture de celui dont il vient de prendre la vie, la clé de son retour vers 532.

Il est tard. L'assassinat de l'auteur de *Passeur: voyage entre deux mondes* a retenti comme un coup de tonnerre, ajoutant encore plus de mystère à la parution de son livre. La forge a recueilli toute l'équipe qui s'était peu à peu soudée autour de lui.

Le personnel des *Éditions du Rocher Bleu,* mais aussi Marc et même Aymée qui n'a pu rentrer chez lui, comme si de rien n'était. Chacun est effondré.

— On en voulait après la pierre. On l'a tué pour la lui dérober.
— Mais qui... ?
— Un autre passeur sans aucun doute. Un passeur qui aura perdu la sienne.

Bénédicte s'est levée pour faire les cent pas.

— Depuis quand roderait-t-il ici? Et puis... y en a-t-il d'autres ? Cette histoire est complètement folle.
— Tout cela est trop grave. Il ne faut pas...
— Tu as raison. Il nous faudra nous taire, ne rien dire, jamais.

Chacun approuve. Une méfiance indélébile vient de s'inscrire en chacun d'eux.

Soudain le téléphone sonne. Aymée met quelques secondes à comprendre qu'il s'agit de son portable.

— Allô ? Maëlys ? Comment, tu ne dors pas ?... Oui, bien sûr, je m'en souviens... Mais...

Et soudain il se dresse.

— Attends, ne quitte pas. Je mets le haut-parleur... Vas-y. Tu peux y aller.

— Voilà. Je disais à Papou que lorsqu'il a voulu faire disparaître la pierre, la première fois, il a suffi que je repasse par le couloir de la salle des profs pour que la porte réapparaisse avec sa clé... une nouvelle fois. Et si on ramenait Harald en 1523 ? Il n'est pas mort là-bas.

Chacun a relevé la tête. Tous se sont dressés et se pressent, à présent, autour du porteur du téléphone.

— Nom de.... Tu veux dire que tu...

— Oui. Je connais le voyage. Je sais en revenir. Je l'ai déjà effectué. Et puis, je n'oublie pas qu'Harald et Mélisande m'ont sauvée lorsque j'étais là-bas.

— Nom de... Nom de Dieu ! Maëlys tu... Mais tes parents ne voudront jamais. Écoute, on va raccrocher. Je t'appelle demain, à la récré de 10 heures.

— Papou, je veux le faire.

— Je sais Maëlys. On s'appelle demain. Je t'embrasse.

Plus personne ne parle. Chacun tente en regagnant sa place d'échafauder des scénarios à partir de ce qui vient d'être dit. Aymée brise enfin le silence.

— Avant toute chose deux remarques préliminaires. J'imagine ce que chacun d'entre vous est en train de penser. Mais Maëlys est ma petite-fille. Je ne veux pas l'exposer à un quelconque risque. De plus, j'ai également fait disparaître la deuxième pierre avec laquelle elle a réalisé son voyage. De la même façon qu'avec la première, en la jetant en mer car elles sont indestructibles. Donc, encore faudrait-il que, comme Maëlys le croit, la porte du couloir des profs réapparaisse, avec une nouvelle clé.

— Admettons.

Marie-Claude, la silencieuse vient de prendre la parole. Parole rare donc parole précieuse. Chacun écoute.

— La première chose est de vérifier qu'un retour en 1523 est possible. Seule, demain matin, Maëlys pourra nous le confirmer. Ensuite réfléchissons. Comment imaginer son avenir si on lui interdit de ramener à la vie quelqu'un à qui elle doit la sienne ? Cela dépasse toute autre considération. On ne peut lui imposer d'hypothéquer ainsi le reste de son existence. Pour moi, à bien y réfléchir, si la chose est possible elle doit le faire... autant pour elle que pour Harald.

Nouveau silence.

— Elle a raison.

Marc vient de donner son avis. Une heure plus tard, tout le monde en convient, même Aymée qui jusqu'au bout a fait de la résistance. Ce dernier reprend la route pour redescendre chez lui. Tous les autres sont restés afin d'élaborer le déroulement de la journée du lendemain.

Les cafetières ont repris du service. Les rares provisions contenues dans le frigo ont été sorties sur la table. Célestin s'est levé et revient avec une réserve personnelle qu'il s'est constitué pour ses veillées en solitaire dans les moments de bourre. Pascal s'avance vers le grand tableau blanc accroché au mur près de la porte et se saisit d'un feutre.

— Bien. Si Maëlys nous confirme demain que la chose est possible, il nous faut deux équipes : une pour les enquêteurs et pour la presse qui ne manqueront pas de débarquer ici à la première heure.

En tant que responsables, Bénédicte et moi sommes à mon avis incontournables pour ce rôle. Une autre équipe opérationnelle pour s'occuper du reste. La récupération du corps, son acheminement et la jonction avec Maëlys à l'intérieur de son collège. Nous avons... un peu moins de neuf heures avant le déclenchement des « hostilités ».

Au fil du temps qui passe, le tableau se couvre de directives, de flèches, d'informations horaires. Pascal note, rature, efface, change de couleur pour y voir plus clair. Les cafetières n'arrêtent pas de crachoter. Les provisions ont rapidement disparu. La théière elle aussi a fait entendre son sifflement pour la collation de Marie-Claude. Quatre heures plus tard, tout est remis au propre. Chacun sort alors son portable et prend un cliché du tableau. Enfin Pascal conclut.

— On ne sort pas de là. Si modif, c'est moi qui vous appelle. Rentrez chez vous. Reposez-vous.

Chacun sait à présent ce qu'il a à faire. Dès qu'Aymée m'aura donné le feu vert, nous passerons à l'action. Des questions ?

Pas de question. Bénédicte s'étire, se redresse et du regard opère un tour de table.

— Vous savez quoi ? On va y arriver.

21

Mardi matin - Cabris

L'enquête démarre dès huit heures du matin, par l'arrivée d'un véhicule du commissariat central de Grasse avec à son bord deux enquêteurs et un adjoint conduisant la voiture. Elle promet d'être longue au regard du nombre de personnes présentes la veille pour la journée de promotion du livre d'Harald.

Ils se sont annoncés une demi-heure plus tôt par téléphone. Les enquêteurs pénètrent rapidement dans les locaux et s'enferment en compagnie de Pascal dans le bureau. Sur leurs instructions, le troisième homme démarre une enquête de voisinage.

Bénédicte est provisoirement exonérée d'interrogatoire afin d'accueillir et de gérer les premiers journalistes arrivant sur les lieux. La BRB de Nice est en route. C'est elle qui au final gérera la procédure.

Le reste de l'équipe s'est réunie à Grasse, chez Célestin où des cartes téléchargées depuis la veille sont étalées sur la table du salon. Un plan de l'hôpital de Grasse en particulier afin de localiser la morgue. Les documents sont comparés afin de vérifier les accès et les itinéraires sans trop perdre de temps. Il est décidé tout de même d'opérer dans la journée un repérage sur site.

La manœuvre de récupération du corps est alors évoquée : l'heure de passer à l'action, la procédure d'intrusion puis d'exfiltration. Le mode de transport ensuite. La finalisation de l'opération est laissée à plus tard.

9h30

La BRB est arrivée aux *Éditions du Rocher Bleu* en milieu de matinée. Les journalistes ont été priés de se tenir provisoirement à l'écart. Et la question ne manque pas d'arriver.

— Où est le reste de l'équipe ?

— Ils sont restés chez eux, en télétravail. Notre survie dépend du maintien de notre activité. Nous sommes une petite structure.

— Il faudra qu'ils se présentent tous avant ce soir à Grasse pour leur déposition.

— Pas de problème. Ils l'ont déjà prévu.

Bénédicte a rejoint Pascal afin de répondre aux questions des enquêteurs.

10h15

Aymée a décroché son téléphone.

— Allô, Bénédicte ? Je viens d'avoir Maëlys. Elle n'est pas croyable cette petite. La porte est toujours là. Elle a récupéré la pierre.

— Alors on est bon ?
— C'est parti !
L'information est aussitôt diffusée à l'ensemble du groupe.

Midi
L'équipe de repérage est revenue de l'hôpital avec un plan d'accès détaillé. Durant la matinée, Marie-Claude et Célestin ont finalement réussi à dénicher un véhicule de location pouvant servir au transport du corps.

De son côté, Marc a contacté le Collège des Mimosas de Mandelieu. Il souhaite rencontrer son collègue et ami, professeur de SVT comme lui, afin de lui soumettre un projet de sortie commune sur le plateau de Caussol, en lien avec le programme d'étude de leurs classes respectives.

En fait, il espère arriver à l'intégrer à la « conspiration Harald ». L'amitié que Jacques lui voue et une curiosité bien légitime pourraient avoir raison de ses doutes et de son scepticisme. Mais au dernier moment, il ne lui a rien dit. À voir.

15h45
Marie-Claude et Célestin sont les premiers à se présenter à Grasse pour leurs auditions. Marc suivra en début de soirée, à la fin de ses cours. Pascal et Bénédicte sont descendus au centre Leclerc de Plan de Grasse reconstituer les provisions en prévision du débriefing du début de soirée.

20h00

Chacun a regagné la forge après avoir bouclé sa part dans la préparation de la journée du lendemain. Pascal s'occupe de recharger les machines à café. Il a laissé la place à Bénédicte devant le tableau blanc. Chaque étape est validée, des précisions mises en commun. Malgré une certaine fatigue l'excitation est montée d'un cran.

23h30

Après de multiples corrections et de mises au point l'affichage est remis au propre. Chacun ressort à nouveau son téléphone portable et photographie. On cale l'heure sur tous les appareils.

À l'extérieur, assis dans leur Mégane grise, invisible dans l'obscurité de leur habitacle, l'inspecteur Jean-Philippe Guillard et son équipier poursuivent leur planque non loin des locaux des *Éditions du Rocher Bleu*. Les statistiques montrent que dans le cas d'un « assassinat en milieu fermé», famille, entreprise, communauté, l'auteur du crime est à 85 % un membre du groupe. Celui de la maison d'édition est donc à surveiller.

*

Mercredi matin- Cabris-7 heures

Le véhicule loué la veille arrive sur Cabris. À son bord Marie-Claude et Célestin. Cinq minutes plus tard, le combi VW de Marc fait de même. Tout le monde se retrouve dans la forge après quelques heures d'un repos agité. Aymée, de son côté, est resté à Pégomas. Il prendra position, plus tard à la réception du signal convenu.

En fin de matinée, tout se met en branle. Marie-Claude, Bénédicte et Célestin s'engouffrent dans la voiture. Pascal, de son côté, a rejoint le combi de Marc. Les deux véhicules s'éloignent ensuite... suivis, de loin, par la Mégane grise. Direction : l'hôpital de Grasse.

12h30 - hôpital de Grasse

Profitant du personnel réduit durant la pause-déjeuner, un commando composé de Marc, Pascal et Célestin s'engouffre dans les couloirs de l'établissement. Direction : la morgue de l'hôpital. Bénédicte et Marie-claude restent à l'extérieur en couverture.

Dans la Mégane grise, c'est l'incompréhension.

— Bon sang ! Mais qu'est-ce qu'ils viennent foutre ici ? Se recueillir auprès du corps ?

— Attends ! Ne bouge pas. On laisse venir.

Ils n'ont bien sûr, aucun des documents nécessaires à la prise en charge et au transport du corps. Le repérage de la veille a cependant permis de noter que la personne d'astreinte à cette heure se tient généralement dans une pièce attenante à la chambre de mise en attente des corps. Information vérifiée aujourd'hui. La porte en est rapidement condamnée. Le corps d'Harald est alors repéré après l'ouverture de trois logements réfrigérés, puis mis sur un brancard et sorti de la pièce.

— Hein !? Mais qu'est-ce que... ?

Jean-Philippe et son équipier viennent d'apercevoir les trois hommes émergeant du bâtiment en poussant devant eux un brancard.

— Non, mais je rêve. Bouge ton cul, on y va !

Les deux hommes se ruent.

— Police nationale. Tout le monde les mains sur le capot !

Tandis que son adjoint s'assure des membres de l'équipe, Jean-Philippe s'approche du brancard et soulève le drap.

— Merde ! Ils voulaient vraiment le... kidnapper ! J'hallucine !

À cet instant, un infirmier apparaît et se dirige vers une ambulance garée à proximité.

— Police nationale. Ramenez le corps à la morgue. Et qu'est-ce que vous foutez là-bas ? On a failli vous piquer un cadavre.

— Ce n'est pas mon service.

— Rien à foutre ! Redescendez-moi ça en bas.

Puis se tournant vers son adjoint :

—Alain : toi, tu les gardes à l'œil. J'appelle du renfort.

Le brancard repart en arrière, traverse l'hôpital... et ressort côté « zone de service ».

— Simon : ouvre la voiture et déroule le tapis. Vite !

Aymée et son ami emmaillote rapidement le corps.

— On va finir en taule avec tes conneries.

— Tout est parti de toi, Simon. T'occupe. On y va.

Le break démarre en faisant crisser les pneus.

13h30 - Collège les Mimosas -Mandelieu

Deux livreurs viennent de sonner au parlophone de l'établissement.
— Saint-Maclou Le Cannet. On vient livrer le nouveau tapis.
— Ah bon ? Je ne suis pas au courant.
— Attendez. Je regarde le papier, là.... Euh... À installer en salle des professeurs.
— Pas au courant. Bon, allez. Je vous ouvre.

La communication est interrompue. Le portillon s'ouvre dans un léger cliquetis.
— On va finir en taule avec tes conneries.
— Je sais, Simon. Tu me l'as déjà dit. On demandera à rester ensemble.
— Tu parles d'une consolation.

Les deux hommes pénètrent dans la cour. Nous sommes mercredi. Maëlys doit se rendre à son après-midi de voile à Mandelieu avec son professeur d'EPS et son groupe de copines. Prétextant un passage aux toilettes, elle s'est isolée et les attend déjà en haut de l'escalier.

Épilogue

Le jour vient de se lever. Il a marché dans les restes de nuit traînant encore dans les vasières et les touffes d'ajoncs. Il fait froid mais la marche le réchauffe. Depuis longtemps il n'avait plus senti cette odeur des plages chargées de sel et de posidonies séchées. Il les retrouve maintenant.

Il a hâte à présent d'arriver au marché. Longeant le bord de mer, il se rapproche de Cannes. Le petit promontoire se détache déjà dans la lumière d'un ciel tout neuf. Une voile se présente entre la côte et les îles. Le vent de la nuit est en train de mourir. La barque progresse lentement avec cet imperceptible déhanchement des chaloupes par temps calme. Tout respire la paix.

Il a ramené de l'année 2020 le souvenir d'une période sombre, tragique mais pleine de richesses aussi. Il a été sauvé par une jeune fille qui a su le ramener chez lui, ici et maintenant. Et puis avant, il y avait eu Marc et tous les autres.

Mélisande doit l'attendre là-bas sur l'aire du marché, entourée de ses plantes, blottie dans son grand châle noir. Il a hâte de la retrouver. Un jour, il lui racontera bien sûr. Il l'a promis à Maëlys. Il écrira aussi les lois régissant les voyages car s'ils peuvent tuer, ils peuvent aussi sauver.

Harald est de retour. Il lui faut, à présent, imaginer sa vie. Les îles, Mélisande, l'abbaye, la fracture du temps. Il a tant vu de choses, entendu de mystères, appris, appris surtout.

Il s'arrête un instant, regarde monter le jour puis, se tournant vers la mer, contemple l'horizon. Il se voit seul, debout face à la mer, en écoutant son cœur battre dans sa poitrine. Il a tant de choses à faire maintenant. Il le doit à tous ceux qui l'ont aidé à revenir ici.

À cet instant précis, sur les plages de Cannes, est né le Mage blanc. Harald ferme les yeux, puis lentement les rouvre. Se détournant du large, il reprend son pas.

Le voilà de retour en 1523.

Printed in Great Britain
by Amazon

44855020R00118